애매한

재능

애매한 재능

무엇이든 될 수 있는,
무엇도 될 수 없는

수미 에세이

계속해도 될까?

어떤책

프롤로그

최근 여덟 살 딸이 물었다.

"엄마는 작가잖아. 그럼 인터넷 검색하면 나오는 사람이야?"

뜨끔했다. 드디어 올 게 왔구나. 속이 복잡해졌다. 어떻게 대답해야 아이가 덜 실망할까…….

나는 우리나라에는 '수미'라는 이름을 가진 사람이 무척 많은 데다가 이미 유명한 사람들, 예를 들면 소프라노 조수미, 배우 김수미가 있다는 사실을 장황하게 설명했다. 하지만 딸은 '검색해도 안 나온다'는 대목에서 이미 크게 실망한 눈치였다.

검색해도 안 나오는 작가.

그나마 잘하는 것을 움켜쥐었다고 생각했는데 남들과 비교해 애매하다는 판단이 들 때는 어떻게 하면 좋을까? 하루라도 빨리 포기해야 할까, 아니면 끈기를 가지고 좀 더 노력해 봐야 할까?

어릴 적에는 "꿈이 뭐야?" 묻는 어른들의 말에 선생님, 킬러, 제빵사, 피아니스트, 화가…… 그때그때 떠오르는 걸 대답했다. 1년에 몇 번, 몇십 번씩 꿈이 변하는 게 당연한 시절이었다. 그중에서도 킬러는 영화를 보고 품게 된 꿈이었다. 어린 나이에 킬러라는 직업이 주는 어떤 고독함이 멋져 보인 것이다.

"그럼 우리 가족을 죽이라는 의뢰가 들어오면 할 수 있겠나?"

아빠는 심각한 얼굴로 물었다. "아니요……." 이후에 아빠는 어린이날 선물로 《변호사가 되고 싶어요》라는 책을 건넸다. 나는 건성으로 책을 쓱 넘겨 보고 책장 가장 높은 곳에 꽂아 버렸다.

아빠가 자식들에게 준 가장 확실한 교훈은 '절대 보증 서지 말 것'이었다. 친구의 보증을 서 준 대가로 아빠는 직업은 물론, 형제 간의 우애까지 잃었다. 우리는 하얀 페인트로 칠해진 이

층집 단칸방으로 이사해야 했다. 할머니, 아빠, 엄마, 나와 남동생, 우리 다섯 사람이 누우면 꽉 차는 방에 책가방과 작은 TV, 할머니의 요강이 빼곡히 들어왔다.

　세 가구가 하나의 화장실을 써야 하는 집에 열여섯의 내가 비밀을 숨길 곳은 없었다. 친구들에게 전화가 올 때도, 속이 답답하거나 화가 날 때도 나는 옥상을 찾았다. 뻥 뚫린 하늘을 보면 속이 좀 풀렸다. 그러다 어느 때부턴가는 하늘에 뜬 별을 보고 낮은 목소리로 이야기를 하기 시작했다. 사람이 아니어도 괜찮다고 생각했다. 고해성사하듯이 마음을 털어놓고 나면 좀 후련해졌다.

　별은 비나 눈이 오는 날이 아니면 늘 볼 수 있었고, 부르지 않아도 존재했다. 언제나 하늘에 떠 있는 별이 고마웠다. 현실을 견딜 수 있는 힘이 현실에서 찾아지지 않을 때, 무언가를 상상할 수 있다는 건 마치 비상약과 같았다. 별이 나의 이야기를 들어 준다는 상상으로 나는 조금 나아졌다.

꿈: 별

　그 당시엔 꿈이 뭐냐고 누가 물으면 별이 되고 싶다고 말했다. 별처럼 누군가를 위로하는 사람이 되고 싶다는 대단한 꿈이었지만,

　"왜 별이 되고 싶어요? 하늘에 달도 있고 구름도 있는데."

　간혹 사람들은 이유를 꼬치꼬치 캐물었다. 추상적인 것을 꿈으로 설정하면 벌어지는 흔한 일. 때로는 누구의 꿈이 더 허황된지 배틀이 벌어지기도 했다.

　"네가 별이면 나는 우주다." "그럼 나는 대통령."

　어디서나 꿈이 별이라고 말할 수 있는 것은 아니었다. 학교에서 진로 상담을 할 때 "장래희망은 별"이라고 이야기할 수는 없는 노릇이었다.

　별에게 이야기를 털어놓는 일은 글을 쓰는 일과 닮은 데가 있었다. 마음속에 떠오른 말들을 공책에다가 적고 나면, 별에

게 그런 것처럼 속이 후련해졌다. 두툼한 일기장을 사서 글을 쓰기 시작했다. 그때부터 내 장래희망은 '작가'가 되었다.

비밀 일기장에 혼자만 볼 수 있는 글을 쓴다고 다 작가가 되는 건 아니므로, 나는 교외 백일장에 나가기로 했다. 예체능을 지망한 사람들이 으레 그러하듯, 재능을 검증받아야 한다는 생각이 들었다. 어쩐지 그런 통과의례를 거쳐야만 할 것 같았다.

한 번도 백일장에 나가 본 적이 없던 나는 교무실을 찾아갔다. 담당 선생님이 물었다.

"너 백일장 나가 본 적은 있니?"

"아니요."

"너 같은 애는 나가 봤자 말짱 도루묵이야, 도루묵."

얼굴이 화르르 달아올랐다. 그럼 경력이 없는 사람은 어떻게 첫 번째 경력을 만들 수 있단 말인가? 선생님 입장에서는 별다른 재주가 없어 보이는 학생에게 서류를 써 주는 일이 시간 낭비일지 몰라도, 나에겐 아니었다. 처음으로 선생님에게 큰소리로 대들었다.

우기다시피 해서 나간 백일장에서 차상을 받았다. 그다음에 나간 대회에서는 장원을 받았다. 이제는 '말짱 도루묵' 같은 말을 듣지 않고도 백일장에 나갈 수 있었다.

연달아 상을 받으면서 계속 글을 써도 괜찮겠다고 안도했다. 어려운 가정형편에 과연 글 쓰는 직업을 선택해도 좋을지, 재능이 없는데 헛된 꿈을 꾸는 건 아닐지 불안했던 마음이 조금 걷히는 것 같았다. 덕분에 나는 앞으로 문학을 전공하기로, 예술대학에 진학하기로 결정할 수 있었다.

십수 년이 흐른 지금, 스스로에게 물어본다. 그건 정말 잘한 결정이었을까?

차례

(2장)　가난하지만 작가가 될게요

(3장)　10년은 해 봐야 안다

(6장) 하고 싶어서, 살고 싶어서

(1장)

무엇이든 될 수 있는

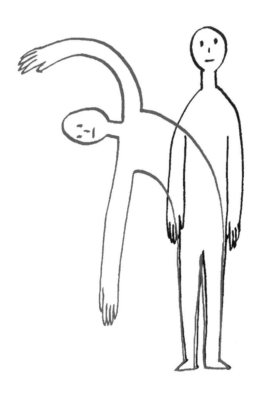

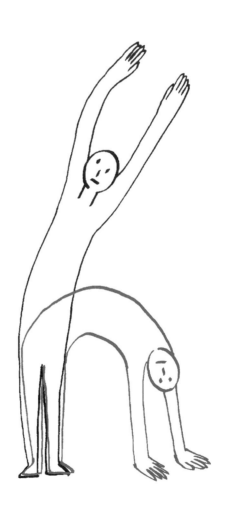

노트를 가진 사람

항상 가방에도 잘 들어가지 않는 큰 노트를 팔에 안고 다녔다. 넓고 두툼하며 표지가 튼튼한 노트. 나는 그걸 '글감 노트'라 불렀다. 새 노트를 사면 첫 장에 정성스레 이름, 그리고 연락처를 적었다. 혹시 잃어버리더라도 꼭 찾을 수 있어야 하니까. 아무것도 적히지 않은 빈 페이지를 스르륵 넘겨 볼 때면 앞으로 여기에 어떤 글들이 적힐까 불가항력적으로 설렜다.

매일 일어나는 일들을, 인상 깊었던 영화의 대사를, 책의 구절을 노트에 옮겨 적었다. 나의 취향들로 채워진 노트를 읽는 것만으로도 기분이 좋아졌다. 비록 수학여행 때는 참가비를 낼 수 있을지 걱정하고, 사복을 입어야 하는 방학 보충수업 때는 입을 옷이 없어 고민하는 형편이었지만, '나는 글 쓰는 사람이야' 속으로 되뇔 때마다 움츠렸던 어깨가 조금씩 펴졌다. 스스로 만든 '글 쓰는 사람'이라는 정체성은 앙상하지만 꼿꼿한 자존심이 되어 주었다.

당연한 수순처럼 작가가 되겠다고 가족에게 전한 날. 동생은 인상을 찌푸렸지만, 부모님은 별다른 반응이 없었다. 친구네 공장에서 일당을 받으며 용접 일을 하는 아빠, 일식집에서 서빙을 하는 엄마. 두 사람은 언제나 학교에 가는 자식들보다 일찍 집을 나섰고, 더 늦게 집에 들어왔다. 그들에겐 자식들의 진로보다 당장 하루하루 살아 나가는 일이 더 급선무였다.

앞으로 글을 쓰며 살겠다는 딸의 말에 부모님은 다른 의견을 보태지 않았다. 하고 싶은 걸 하며 살라고 했다. 어쩌면 무엇을 한다고 해도 보태 줄 수 있는 게 없어서였는지도 모르지만, 10대의 내가 자유롭게 영화를 찍고 글을 쓰고 새로운 사람들을 만날 수 있었던 건 역설적으로 부모님의 방임에 가까운 돌봄 덕분이라 생각한다.

당장 입시가 코앞으로 다가온 열아홉. 정보 전쟁이라는 입시에서 내가 가진 정보는 빈약했다. 장래희망 칸에 '작가'를 써 낸 나에게 담임선생님이 말했다.

"수미야, 네가 가고자 하는 길에 대해서 선생님은 잘 모른다. 알아서 한번 해 봐라."

막막했다. 작가가 되려면 문예창작과를 가야 하는지, 국문과를 가야 하는지도 몰랐다. 혹은 어느 과를 가도 상관없는지, 쓰고 읽는 것 말고 어떤 노력을 해야 좋은지도. 잘 아는 누군가에게 도움을 받고 싶은 마음이 간절했다. 주변에 작가 지망생이라도 있어야 말이지, 사돈의 팔촌까지 뒤져 봐도 작가라는 직업을 가진 사람은 없었다. 그나마 도서관과 서점에 가서 대단한 작가들이 남긴 책을 펼쳐 볼 수 있다는 게 위안이랄까.

프랑스 작가 생텍쥐페리는 스물두 살 군복무 중에 조종사 면허를 취득했고, 스물아홉 살에 《남방 우편기》를 발표했다. 《오만과 편견》을 쓴 작가 제인 오스틴은 열일곱 살에 《키티나 바우어》를 집필했으며 스물두 살에 《첫인상》이라는 소설 출판을 거절당했다. 나는 1년 또는 2~3년 단위로 짧게 서술된 작가 연보에는 드러나지 않는 글쓰기에 대한 그들의 갈증과 희열, 삶의 고민과 기쁨이 알고 싶었다.

그 작가들을 만난다면, 정말 그럴 수 있다면, 묻고 싶은 말이 많았다. 어떻게 하면 글을 잘 쓸 수 있는지, 내게 맞는 글의 장르는 무엇일지, 내가 재능이 있긴 한 건지 귀찮을 정도로 물어보고 싶었다.

《어린 왕자》를 몇 번이나 읽을 만큼 팬이었던 나는 생텍쥐페리에게 편지를 썼다. (일기장의 기록을 그대로 옮긴다.)

Dear. 생텍쥐페리 님께

안녕하세요. 저는 글쓰기를 업으로 살고 싶은 아이예요. 요즘 입시를 앞두고 부쩍 고민이 많아요. 일단 저는 너무나 게으릅니다. 글을 써야겠다, 소재가 생각났다, 이런 적은 많지만 직접 펜을 가지고 쓰는 건 3분의 1 정도입니다. 그리고 꼭 시험기간이 되면 글을 쓰고 싶은데 공부 때문에 하지 못한다고 불만을 합니다.

그뿐만이 아닙니다. 소설을 쓰다 보면 전개가 휙휙 지나갑니다. 감동과 여운은 재빠르게 도망치고 맙니다. 남는 건 빼곡하게 쓴 공책과 마모된 연필심뿐입니다. 제 영혼을 넣어 글쓰기를 하지 못합니다. 저를 감동시키지 못한 글이 세상 누구를 감동시키겠습니까.

때론 이런 제가 한심해 미칠 것 같습니다. 솔직한 심정으로, 글을 써서 먹고산다는 건 힘든 일 같습니다. 베스트셀러 작가가 되길 바라는 것은 아니지만, 그래도 어느 정도 돈은 벌어야 라면이라도 끓여 먹고 살 것 같습니다. 적어도 샤프심은 걱정 없이 살 정도는 되어야 하지 않을까요.

2003년 4월 5일 당신의 팬, 수미

고민이 담긴 편지를 노트에 쓴다 한들, 생텍쥐페리에게서 답장이 올 리 없지만, 어지러운 마음이 조금은 차분하게 가라앉았다.

옆 반 친구로부터 '창원 청소년 영상학교'라는 곳을 소개받은 건 그즈음이었다. 방송피디가 꿈인 친구를 따라 마산 종점 가포고등학교에서 창원 종점에 가까운 사파동까지 버스를 타고 가서 '영상실'이라 불리는 곳의 문을 두드렸다. 그리고 그곳에서 배우가, 영화감독이 꿈인 사람들을 만났다. 중학생도 있었고 대학생도 있었다. 아쉽게도 작가의 꿈을 꾸는 사람은 없었지만, 비슷한 꿈을 꾸는 사람들은 만날 수 있었다. 그것만으로도 기뻤다.

여름방학에는 대학생 선배들이 자주 영상실에 놀러 왔다. 서울에서 대학을 다니다 휴학을 하고 창원에 머물고 있던 한 선배가 어느 날, 내게 힌트 같은 말을 던졌다.

"근데 글 쓰려면 무슨 과 가야 하냐? 문예창작과? 극작과?"

극작과. 그런 과가 있다는 걸 그때 처음 알았다. 소설과 시를 배우는 문예창작과와 달리 극작과는 시나리오와 희곡을 배울 수 있는 곳이라는 말에 흥미가 당겼다.

'극작'의 영문 표기인 'playwriting'이란 말도 좋았다. 단순히 활자에만 머무는 것이 아니라 화면에 재생되는 글, 배우들의 입을 통해 생생히 발음되는 글을 상상했다. 내가 쓴 글이 무대나 TV, 영화 스크린에서 상연 또는 상영되는 상상은 얼마나 짜릿하던지.

내가 가야 하는 곳은 바로 극작과였다.

작가의 유전자

하여튼 유전자가 무서운 법이다. 내가 글을 쓰게 된 데는 어떤 운명, 적어도 과학적인 사실 하나쯤은 관여를 했다는 말이다. 원인 제공자는 아무래도 아빠다. 아빠는 중학교 시절 어느 무협소설을 읽고 나서 결말이 마음에 안 든다는 이유로 3페이지가량의 새로운 엔딩을 써서 붙였다고 한다. 그 말을 듣고 유전자가 참 세다 싶었다. 나 또한 중학교 때 알퐁스 도데의 〈별〉을 읽고 목동과 아가씨가 얌전히 밤을 지새우는 결말이 성에 차지 않아 외전을 적었던 적이 있었다.

무협소설의 끝을 새롭게 지어낸 소년은 커서 독보적인 명언 제조기가 됐다. 나는 아빠가 했던 몇몇 말들을 영원히 잊을 수 없다. 이를테면 대학 입학을 앞두고 자유와 책임을 강조하며 했던 조언 "자유에는 대가가 따른다. 낙제든 낙태든." 이성 간에 우정이 가능하냐는 물음에 했던 명쾌한 대답 "서로 몸이 안 따라 줄 때, 진정한 친구가 된다."

　진지하게 아빠에게 글을 써 보는 게 어떠시냐고 권유한 적이 더러 있었다. 아빠는 글을 쓰지 않는 대신 집 곳곳에 손수 주문한 글자 스티커를 붙이기 시작했다. 집이 하나의 전시장이 된 느낌이었다. 처음에는 한 곳, 두 곳 붙었던 글자가 날이 갈수록 늘어서 집 곳곳에서 아빠의 문장을 볼 수 있었다. 검은색 명조체로 통일된 서체가 인상적이었다.

　아빠가 자꾸 철학적인 의미가 담긴 글자 스티커를 주문하니 하루는 간판집 사장님이 넌지시 물었다고 한다.

　"혹시 목사님이신가요?"

　'김치찌개', '두루치기' 같은 식당의 메뉴나 '정숙', '물은 셀프' 같은 안내 문구를 주로 작업하는 분에게는 아빠가 파 가는 문장의 내용이 예사롭지 않았던 모양이다.

아빠가 한 글자에 천 원씩 주고 만들어 온 글자 스티커들은 집 구석구석 절묘한 자리에 붙었다. 장소와 글자의 조합을 오래 생각하고 붙인 것이 분명했다.

현관문 앞

나는 왜 이 문을 나서는가

현관 센서 앞 벽

내가 움직여야 빛이 난다

화장실 창문

천국과 지옥이 모두 내 마음속에 있다

그 마음을 잡으라

빨래 건조대 위

아무리 높이 올라가는 물도 떨어지는 법

항상 지금 그리고 여기를 생각하고 흐르는 물처럼 살아라

가장 짧고 강력한, 심지어 파란색인 글자는 내 방 문 앞에 붙

었다. 단순명쾌한 세 글자 '작업 중'. 안타깝게도 '작업 끝'으로 바꿀 수 있는 장치는 없었다. 한참 신경 쓰던 원고를 마감하고 '끝났다~' 홀가분해할 때도 방 앞에 붙은 '작업 중'이라는 글자를 보면 묘하게 기분이 가라앉았다. 영원히 딸의 작업이 진행형이길 바라는 아빠의 소망이 담긴 부적 같은 글자였다.

한번은 아빠가 이왕 작가를 한다면 돈 많이 버는 드라마 작가를 하는 게 어떠냐고 넌지시 권했다. 그러면서 아껴 둔 제목 하나가 있다고 덧붙였다. 특별히 나에게 주는 제목이라고, 언젠가 네가 대하드라마를 쓰면 꼭 제목으로 쓰라고. 비밀스럽게 귀띔한 제목은, 〈팔자〉였다.

팔자……. 다소 촌스럽지 않나 생각했지만, 아빠의 추가 설명이 그럴듯했다. 인생은 누운 8자와 같다고, 사람의 인생이라는 게 좋은 일과 나쁜 일이 번갈아 온다고. 마치 롤러코스터처럼, 올라갔다 떨어지는 일을 반복한다고. 사람에 따라 그 폭이 작고 크고의 차이가 있을 뿐이라는 이야기였다. 쭉 듣고 보니 '팔자'라는 제목이 인생사가 함축적으로 담긴 근사한 제목처럼 느껴졌다.

나는 엄마에게 말하지 못하는 고민을 아빠에게는 가끔 털어놓을 수 있었다. 글에 대한 고민이나 작가로서의 미래에 관해서 물어볼 때가 그랬다.

　어느 날은 아빠가 다짜고짜 미국에 가라고 했다.

　"돈도 없는데 어떻게 미국에 가요. 미국에 가는 비행기 푯값만 겨우 있는데."

　"돌아오지 마라."

　"노숙하란 말이에요? 거긴 총이 있는 나라인데."

　"총도 맞고, 칼도 맞아 봐야 작가가 된다."

　황당해하는 딸에게 아빠는 차분히 이외수 작가를 예로 들었다. 이외수 작가는 개의 마음을 이해하기 위해서 개집에서 잤다고 한다. 쓰레기의 마음을 이해하기 위해서 쓰레기통에도 들어갔다고 한다. 그게 작가고, 진정한 작가가 되기 위해서는 다양한 경험을 실제로 해 봐야 한다는 말이었다.

　경험의 중요성은 누구나 강조했지만 아빠의 예시는 섬뜩하기까지 했다. 아빠는 미국만 아니라, 오대양 육대주를 다니며 온갖 사람들을 만나라고 했다. 급기야 자신은 다양한 대륙의 손자들을 만나고 싶다는 말까지 나오자 나는 그냥 닥치고 소주잔을 들었다.

이걸 먹어야 작가가 된다

아름이는 서울에 사는 친구다. 마산에서 나와 같이 고등학교를 졸업하고 성인이 되어 가족과 함께 서울로 이사를 갔다. 몇 해 전, 아이돌 콘서트에 가기 위해 서울에 갔을 때 아름이의 자취방에서 하루를 묵었다. 절친이 자신이 아닌 아이돌을 만나러 오랜만에 서울에 온다는 말에 아름이는 서운해하기는커녕 "웰컴!"을 외쳤다.

　장승배기역의 작은 원룸에서 혼자 살던 아름이는 멀리서 온 친구를 위해 밥을 짓고, 과일을 씻고, 아침에는 해장라면을 끓였다. 그리고 작은 다이어리를 내밀었다. 거기에는 이렇게 쓰여 있었다.

　　To. 나의 제인 오스틴에게

　우정이란. 무명작가인 내가 누군가의 제인 오스틴이 될 수도 있는 일이었다.

　문과, 이과, 예체능 세 종류로만 분류되던 고등학생 시절, 아름이와 나는 예체능을 지망하는 몇 안 되는 학생이었다. 아름이의 꿈은 배우, 나는 작가. 각각 연극영화과와 극작과를 지망했다. 야간 자율학습 대신 나는 영상실에 가서 영화를 만들었고, 아름이는 연기학원에 갔다. 수능과 함께 실기시험을 준비해야 하는 입장이 비슷해서 진로 고민을 편안하게 나눌 수 있었다. 배우와 작가라니, 돌이켜 생각해 보면 가까워질 수밖에 없는 운명이었는지도.
　아름이는 고3 봄에 접어들어서야 본격적으로 배우가 되고 싶다는 결심을 굳혔다고 했다. 말은 안 해도 반 아이들은 '네가?' 하는 마음이 좀 있었을 것이다. 아무리 봐도 아름이는 배우지망생이라기에 특출난 데가 없어 보였기 때문이다. 별생각 없이 살다 누구나 성적에 맞춰 꿈을 정하는 판국에, 배우라는 꿈은 얼토당토않게 비쳤을지도 모른다.

그러거나 말거나 아름이는 귀를 닫고 연습했다. 학교 계단에서도 뮤지컬 연습을 했고, 틈이 나면 대본을 낭독했다. 문학 지문 하나도 대충 읽지 않았다.

졸음 방지를 위해 문학 선생님이 아이들에게 골고루 예시 지문을 나눠 읽힐 때였다. 선생님은 아무 번호를 호명했지만, 대번에 당찬 거절의 말이 돌아온 적이 있다.

"아직 분석이 안 됐는데요."

아름이였다. 친구들은 야유를 보냈다. "야, 그냥 읽어라." 원성이 커지자 아름이는 한숨을 쉬며 일어났다. 배우지망생에게 숙지하지 못한 대본을 읽으라고 독촉하는 셈이니, 얼마나 불편한 일이란 말인가. 하지만 대부분의 아이들에게 그건 중요하지 않았다. 빨리 문제를 풀고 다음으로 넘어가는 게 중요했다.

읽어야 할 지문은 박완서 작가의 〈꼴찌에게 보내는 갈채〉. 몇 등인지 모를 후발대 마라토너들이 끝까지 달려 결승선에 들어오는 장면이었다. 아름이는 영혼을 실어 읽기 시작했다. 마치 글 속 인물과 같은 처지에 놓인 사람처럼 감정을 실었다. 그러니까, 중계하는 아나운서의 흥분한 목소리를 재현하며 읽었다는 이야기다. 마산에서 오래 살아온 친구들에게는 다소 어색한 서울 말씨였다. 이 어색함은 이제 시작이요, 문제집 한쪽 길이만큼 지속될 예정이었다.

> 선두주자가 드디어 결승점 전방 10미터, 5미터, 4미터, 3미터, 골인! 하는 아나운서의 숨 막히는 소리가 들리고 군중의 우레와 같은 환호성이 들렸다.

누군가는 엎드려 귀를 막았고, 누군가는 참다 못 해 웃음을 터뜨렸고, 누군가는 아름이를 지목한 선생님을 원망했다. 끝까지 진지한 건 아름이밖에 없었다. 아름이는 자신에게 주어진 지문을 끝까지 읽어 나갔다.

글 속에 등장한 후발주자가 마라톤을 완주한 사건처럼, 모두가 기다렸던 순간이 찾아왔다. 선생님과 아이들 모두 손뼉을 쳤던 것 같다. 그때부터 나는 아름이를 존경하기 시작했다.

배우와 작가라는 꿈은 서울과 뚝 떨어진 마산이라는 지방도시에서 쉽게 닿을 수 있는 꿈은 아니었다. 아름이가 다녔던 연기 학원은 시내에 딱 한 군데 있는 곳이었고, 영화를 배운다고 내가 다녔던 영상실은 버스로 종점에서 기점까지 달려야 나왔다.

입시까지 3개월의 시간도 남지 않은 가을이었다. 수능이 빨리 끝났으면 하는 지겨움과, 확신할 수 없는 미래에 대한 불안이 상충하는 계절이었다. 실기시험까지 준비해야 했던 아름이와 나는 유독 바빴다. 하지만 다행히 함께 닭꼬치를 먹을 시간 여유는 있었다.

하나에 천 원. 고기보다 더 두툼한 튀김옷을 입은 닭꼬치는 하나를 먹고 나면 배가 차는 기특한 간식이었다. 양념은 맵기 단계를 선택할 수 있었다. 보통 무난하게 1단계를 먹었지만, 그날은 웬일로 치기 어린 마음이 들었다. 3단계를 선택한 거다. 슬쩍 얼굴을 갖다 대기만 해도 매운 냄새가 화악 끼칠 만큼 아찔했다.

곧 양념이 잔뜩 발린 닭꼬치가 우리에게 하나씩 전달됐다. 조심스럽게 기다란 닭꼬치의 끝 부분을 한입 먹는데 '이건 안 되겠다' 싶었다. 닭꼬치에 대한 기대가 절망으로 바뀌는 순간.

한입 더 먹으려다가도 매운 기운에 주춤해서 입에서 멀리 떼기를 반복했다. 그때 아름이가 이러는 거다.

"이걸 먹어야 배우가 된다."

"야, 그런 게 어딨냐."

발끈해 따져 물었지만, 아름이의 표정이 너무 진지했다. 정말 매운 닭꼬치를 먹어야 배우가 될 수 있다는 진실이 세상에 존재한다는 얼굴이었다.

결기가 흐르는 그 얼굴에선 설상가상 이런 말까지 흘러나왔다.

"너도 마찬가지야. 이걸 먹어야 작가가 된다."

오기로 몇 번 더 닭꼬치를 먹으려고 시도했지만, 속이 아팠다. 너무 많이 먹거나 스트레스를 받아서 자주 장염에 걸리던 시절이었다. 나는 자포자기의 마음으로 미래의 작가가 되기보다 당장의 건강을 선택했다.

닭꼬치를 들고 어정쩡하게 서 있는 나와 달리, 아름이는 눈물을 흘려 가면서도 닭꼬치를 먹었다. 닭꼬치는 서서히 줄어들어 끝내 모두 사라졌다. 아름이는 다 먹지 못한 친구를 책망하거나, 스스로 자랑스러워하지 않았다. 다만 딱 한 마디 했다.

"가자."

　3개월 뒤, 우리는 나란히 원하는 대학에 붙었다. 둘 다 서울에서 한 시간 정도 떨어진 곳에 있는 대학이었다. 덕분에 나는 대학 시절 〈젊은 연극제〉에 출연한 아름이를 보러 갈 수 있었다. 그리고 그곳에서 나는 마침내 보았다. 분석을 끝낸 희곡을 온몸으로 연기하는 아름이를.

당신의 프로필은요?

드물게 원고 청탁이 들어온다. 그럴 때마다 작가 프로필을 쓰는 데 애를 먹는다. 무명작가라는 정체성은 반드시 추가 설명을 요구한다. 작가라고 밝히는 순간 따라오는 첫 번째 질문. "무슨 책 내셨어요?" (아니요, 이 책이 기적의 첫 번째 책입니다.) 두 번째 질문. "드라마 쓰세요?" (드라마 보는 데 시간을 더 써요.) 질문들에 잘 대응하기 위해서라도 자신을 충분히 설명하는 것이 중요하다.

프로필이라는 말을 처음 접한 것은 초등학생 때다. 당시 인기 아이돌의 화보가 실리던 잡지 〈주니어〉, 〈파스텔〉 등에는 아이돌 그룹의 멤버 개인 프로필이 꼭 나왔다. 혈액형, 이상형, 취미…… 그 당시의 프로필이란 이런 것들의 나열이었다. 나는 좋아하는 멤버의 프로필에 밑줄을 치며 달달 외우다시피 했다.

나에게는 낡은 타자기가 한 대 있었다. 이웃집에 사는 고모가 창고 정리하다가 나왔다며 건네준 것이었다. "이제 필요도 없고 버릴까 했는데 네 생각이 나서 가져왔어." 고모의 설명을 듣는 동안에도 타자기에서 눈을 뗄 수 없었다. 옛날 추리 영화나 범죄 드라마의 취조실 풍경이 떠올랐다. 범인의 자백을 받아내려는 끈질긴 형사의 눈빛과 '타닥타닥' 경쾌한 소리를 내면서 종이에 새겨지는 글자들. 얼른 사용해 보고 싶은 마음에 두 손으로 건네받은 타자기는 세월의 무게만큼 묵직했더랬다.

타자기를 가지고 뭘 해야 할지 몰랐던 나는 누군가를 취조하고 싶은 욕망을 느꼈다. 타자기를 들고 할머니에게 갔다.

"할매, 이제부터 내가 몇 가지 물어볼게."

신문지를 깔고 쪽파를 다듬는 할머니 옆에 타자기를 내려놨다. 먼저 "할매 프로필"이라는, 제목에 해당되는 글자부터 치기 시작했다. 무엇이든 전문적으로 보이는 명조체가 종이에 찍혔다. 익히 알고 있는 기본 정보부터 기록했다.

　　〈할매 프로필〉

　　이름: 장판임

　　나이: 78세

　여기까지 쓰는 데도 한참이 걸렸다. 본격적인 질문은 시작도
하지 않았는데.

　"할매는 취미가 뭐야?"

　"취미가 뭐고?"

　"심심하면 하는 일."

　할머니는 흙 묻은 쪽파 껍질을 벗겨 내며 웃었다.

　"심심하면 뭐를 하노. 누워 있어야지."

　"그러면 특기는? 잘하는 거."

　"별걸 다 묻는다. 밥 짓고 그런 거지."

　"소원은?"

　"소원은 무슨, 자는 잠에 죽는 기 제일 소원이고."

　할머니가 평소 입버릇처럼 하는 말이 '빨리 죽어야 할 텐데'

였다. '자는 잠에 죽는다'는 말은 '잠결에 고통 없이 죽는다'를 의미했다. 어르신들 사이에서는 손꼽히는 소원이라고 하지만, 잘 죽는 것이 소원이라니. 겨우 열 살 남짓한 내가 감당하기에 심오한 대답이었다. '취미는 음악 감상, 특기는 브레이크댄스' 같은 대답을 바란 것은 아니지만 어쩐지 유언장을 적는 것처럼 비장함이 맴돌았다.

이번에는 타자기를 선물해 준 고모를 찾아갔다. 고모는 바로 옆집에 살고 있었다. 걸레로 마루를 닦고 있는 고모 옆에 앉아 같은 질문을 던졌다. 취미가 무슨 말이냐고 되물었던 할머니와 달리 고모는 취미와 특기를 묻는 말에 '취미는 모심기', '특기는 베 짜기'라고 망설임 없이 대답했다. 고모가 밭에 씨를 뿌리고 작물을 키우는 데 능하다는 것은 예상할 수 있었지만, 베 짜기를 잘한다는 것은 몰랐던 사실이었다.

"고모, 베 짜기도 할 수 있어요?"

"옛날에 잘했지. 맨날 했지. 지금은 안 해도."

"그럼 소원은 뭐예요?"

"소원은 뭐……."

고모는 잠시 생각하더니 대답했다.

"소원은, 한숨 자는 기 소원이지."

'한숨'이라는 말에서 녹진녹진한 고단함이 느껴졌다. 고모는 참 부지런한 사람이었다. 아침 이슬이 마르기 전에 일어나 밭에 가서 마늘쫑을 뽑고, 낮에는 집안일을 했다. 그리고 밤에는 드라마를 보다가 잠자리에 들었다. 유일하게 자신을 위한 시간이었다. 돌이켜 보니 고모 댁에 자주 심부름을 갔지만 한 번도 고모가 편안하게 낮잠 자는 모습을 본 적이 없었다.

고모의 소원이 이뤄졌으면 하는 마음으로 야무지게 종이에 모음과 자음을 새겨 넣었다. 세상엔 한숨 자기가 소원인 사람도 있구나, 생각하면서. 타자기로 옮겨 적으니, 공문서처럼 글자에 힘이 생기는 것만 같았다.

〈고모 프로필〉

이름: 김일윤

나이: 58세

취미: 모심기

특기: 베 짜기

소원: 한숨 자기

열 살 무렵의 나는 내 프로필도 작성해 보았을까? 할머니와 고모의 프로필만이 떠오르는 걸 보면 내 것은 묻지 않았었나 보다. 이제라도 프로필을 적어 본다면, 나는 뭐라고 해야 할까.

   이름: 김수미

   나이: 36세

   취미: 책 읽기, 커피 마시기

   특기: 애들 재우기, 글쓰기

   소원: 3박 4일 혼자 하는 여행

   적고 보니, 그 시절 할머니와 고모를 꼭 껴안고 싶어진다.

수미가 쓴 팬픽

"수미야, 써 왔어?"

　중학생 시절, 교실에 들어가 가방을 열고 필통과 교과서를 끄집어내는 참이면, 나를 발견한 친구가 쪼르르 달려와서 공책을 달라고 독촉했다. 친구가 찾는 건 영어 숙제도 아니고 독후감도 아니었다. 친구들, 그리고 친구들이 좋아하는 연예인이 등장하는 하이틴 로맨스 소설, 이른바 '팬픽'이었다.

　"여기."

　"오, 내가 일빠."

친구는 작은 환호성을 지르며 공책을 가져갔다.

처음에는 장난처럼 시작했다. '성모사랑', '강타부인' 등 좋아하는 연예인 이름을 붙여 인터넷 닉네임을 만들던 친구들의 욕망과 바람을 투영해 쓴 로맨스 소설이었다.

"야, 나도 넣어 줘."

"넌 누구랑 이어 줄까?"

"나는 계상이."

"오케이."

친구의 부탁을 받고 집에 돌아오면서 두 사람이 어떻게 소설 속에서 만날 것인지 급하게 구상했다. 그리고 공책에는 이런 문장이 적혔다.

5월 햇살 좋은 아침, 교실 문이 열리고 한 남자아이가 걸어 들어왔다. 가방을 한쪽 어깨에 멘 전학생 계상이었다.

첫 번째 줄에 앉은 미진의 눈이 반짝였다.

지방 소도시에 사는 열여섯 살 소녀가 연예인을 만나 쌍방 사랑에 빠질 확률은 하늘의 별 따기보다 낮았지만, 팬픽 안에서는 가능했다. 사랑도, 이별도, 짝사랑도, 삼각 구도도, 원하는 대로, 엮어 달라는 대로, 전부 써 줬다. 그건 펜을 쥔 사람의 특권이었다.

친한 친구들끼리 재미로 돌려 읽던 팬픽은 소문이 퍼져 다른 반까지 순회하고 하교할 때쯤 책상으로 돌아오곤 했다. 처음에는 한두 개의 감상이 적혔던 공책에 점점 감상이 늘어나더니 글을 쓴 분량보다 감상이 더 길게 적힌 날도 있었다.

[수미 자까님, 나랑 정혁이 분량 좀 늘려 줘. 사랑행♥]
[어쩔 수 없는 장면이라 해도 성모랑 서윤이 재회 장면 많이 느끼하더라. 그리고 꼭! 하루 세 장 이상씩 써.]

나는 독자인 친구들이 쓴 감상을 꼼꼼하게 읽고 의견을 다음 편에 반영했다. 매일 독촉과 격려라는 축복의 피드백을 받으며 이어지는 연재 생활이었다. 집에서 몇 페이지나 쓴 날에는 친구들에게 자신 있게 공책을 내밀었고, 몇 줄만 적은 날에는 머쓱하고 미안한 마음으로 공책을 내밀어야 했다.

학교에 가는 날이면 소설 공책은 친구의, 친구의, 친구의 손을 거쳐 이 반 저 반을 옮겨 다녔다. 쉬는 시간에 쓰고 싶어도 공책이 어디에 있는지 몰라 쓰지 못하는 해프닝이 벌어졌다.

여러 사람의 손을 옮겨 다닌 만큼 공책은 금방 손때가 묻고 너덜너덜해졌다.

팬픽에서 가장 중요한 요소는 개성 있는 문체도, 흡입력 있는 전개도 아닌 등장인물의 분량이었다. 어느 특정 커플에만 분량이 쏠리지 않도록 공정하게 스토리 진행을 해야 했다. 가끔 어느 커플의 분량이 확 늘어나는 경우가 생기기도 했는데, 그럴 때면 꼭 독자의 불만이 접수됐다. 그래서 분량을 따져 가며 글을 썼다. 등장인물 모두가 공평하게 주인공이 되는 것이 내가 쓴 팬픽 속 세상이었다.

팬픽의 인기와 비례해 자신도 출연하게 해 달라는 추가 인물 요청도 늘었다. 그러다 보니 주인공 소개만 하는 데 공책 한 권을 다 써 버렸다. 이렇게 계속 새 인물을 늘리다가는 소개만 하다가 두 번째 공책도 금방 끝날 것 같았다. 더 스토리를 진전시키기 힘들겠다는 판단이 들자, 새로운 이야기를 구상했다.

첫 번째 시리즈가 평범한 하이틴 로맨스라면 두 번째 시리즈는 판타지 로맨스였다. 하늘에서 쫓겨난 수호천사와 인간의 좌충우돌 사랑 이야기. 설정까지 더해져서인지, 구상하는 데 더 오랜 시간이 들었다. 애초에 모집한 커플들 말고는 추가로 쓰지 않겠다고 미리 공지도 했다. 첫 번째보다 좀 더 틀이 잡힌 연재가 될 듯했다.

그렇게 또 매일 팬픽을 썼다. 다음 날 공책을 펼칠 친구들을 실망시키고 싶지 않았다. 아침에 눈뜨자마자 다음 이야기를 떠올린 적도 있을 만큼 연재에 책임감을 느꼈다.

어떻게 하면 주인공들을 극적으로 만나게 할까, 어떻게 사랑에 빠지게 할까, 어떻게 화해시킬까. 그런 것들을 생각하다가 재밌는 아이디어가 떠오른 날에는 신이 나서 썼다. '진짜 재밌다.' '다음 편 빨리 써.' 이런 반응을 보는 일이 다음 글을 쓰는 데 힘이 됐다. 매일의 연재는 글쓰기 훈련이 아닌 오락이었다.

주 5일 연재를 착실하게 해 나가던 중이었다. 문학 시간에 선생님이 모두에게 질문을 던졌다. 최근에 읽은 책이 무엇이냐는 평범한 질문이었다. 그때, 내 팬픽의 1등 애독자인 은지가 손을 들었다. 은지는 감상을 가장 자주 남겼고, 가장 길게 썼으며, 가장 많이 다음 글을 재촉하는 친구였다.

"그래, 은지는 무슨 책 읽었니?"

나는 설마…… 하는 눈빛으로 은지를 바라봤다.

"수미가 쓴 팬픽이요."

"응?"

"수미가 쓴 팬픽요."

　은지는 두 번이나 '수미가 쓴 팬픽'을 정직하게 말했다. 친구들은 은지를 우려하는 눈빛, 또는 장난기 묻은 얼굴로 쳐다보았지만 은지는 아무렇지 않은 듯 여전히 시큰둥한 표정이었다. 그건 은지의 평소 표정이었다. 다행히도 나이가 지긋했던 선생님은 '팬픽'이란 말을 모르시는 것 같았다. 팬픽이 대체 무어냐고 묻지도 않으셨다.

　은지의 당당함을 보면서 나는 조금 놀랐다. 처음에는 은지가 유명 작가들의 그럴듯한 책을 말하지 않고 내가 쓴 팬픽을 이야기했다는 게 또래의 알 수 없는 반항과 객기처럼 느껴졌지만, 시간이 지날수록 고마운 마음이 들었다. 지우개 자국이 있고, 개연성 하나 없는 로맨스, 더러 맞춤법이 틀린 내 팬픽이 은지의 세계에서는 문학작품과 같은 반열에 있다는 거였으니까.

예술의 이해

엄마 아빠는 우리 남매가 싸울 때 가장 크게 분노했다. 싸움이 발각되면 내복만 입고 옥상으로 올라가 벌을 서야 했다. 그러고 나서는 억지로 부둥켜안고 화해를 해야 했다. 그건 굴욕의 퍼포먼스였다. 그래서 동생이 미울 때면 커다란 장롱 뒤 구석진 틈에 동생을 데리고 가 몰래 때렸다. 동생이 으앙 하고 울기라도 하면 모른 척하고 다른 방으로 건너가 어른들이 부를 때까지 시치미를 뗐다.

승자의 시간은 오래가지 않았다. 동생이 초등학생이 되면서 상황이 역전된 것이다. 터미널 오락실에서 '스트리트 파이터'라는 게임을 즐기던 동생은 게임의 기술을 현실에 적용하기 시작했다. 방에서 "아도겐~" 하면서 주먹을 쥐고 달려드는 동생은 길어진 팔다리만큼 강해 보였다. 그때부터 우리는 싸우지 않았다.

같은 엄마의 포궁에서 나왔다는 것 말고는 공통점이 별로 없는 남매였다. 성격도, 취향도, 적성도 모두 달랐다. 그런 동생에게 글을 쓰기 위해 예술대학에 가겠다고 말했다.

"누나가 남자였으면 정신 차릴 때까지 때렸을 거다."

남동생의 첫 반응이었다. 어려운 가정형편에 당장 돈을 벌어도 모자랄 판인데 작가가 무슨 말이냐고, 세상물정을 몰라도 너무 모른다고 했다. 가난한 사람은 예술을 배워 볼 수도 없단 말인가.

동생뿐만 아니라 절친한 언니도 예술대학에 가는 것을 말렸다. 글쓰기가 아닌 미용 기술을 배워서 빨리 집안에 보탬이 되는 게 옳은 일이라고 말했다. 하지만 나는 언제 풀릴지 모르는 집안형편보다 내가 진짜 이룰지도 모를 꿈이 더 중요하다고 믿었다. 그래서 타협처럼, 2년제 대학을 선택했다. 빨리 배워서 돈 되는 작가 일을 시작하고 싶었다. 꿈을 이뤄서 가족을 지키고 싶었다.

　대입 실기시험을 치러 가는 날 아침. 가방을 챙기는 내게 동생이 말했다.

"고속버스터미널까지 태워다 줄게."

'데려다줄게'를 잘못 발음한 줄 알았다. 택시를 함께 타고 가자는 말인 줄 지레짐작하고 알겠다고 대답했다.

밖으로 나가니 전봇대 앞에 오토바이 한 대가 세워져 있었다. 운전대에는 끈 달린 까만 헬멧이 매달려 있었다.

"누나야, 타라."

"운전할 수 있어?"

"누나야, 믿어라."

동생은 친구에게 빌린 오토바이라고 설명했다. 택시를 타고 갈 생각에 느지막이 나왔건만 당황스러웠다. 나는 오토바이에 타서 동생의 허리를 붙잡았다. 헬멧은 하나밖에 없어서 동생만 쓰게 됐다. 엉덩이를 들썩이며 편하게 자세를 잡는데 동생이 멈췄다.

"잠깐만, 다시 내렸다가 타라."

동생은 오토바이를 끼깅거리며 들어 반대 방향으로 돌렸다. 그 모습을 보면서 오늘 잘못하면 죽을 수도 있겠다는 생각이 스쳤다. '그냥 빨리 나와서 버스를 탈걸.' 탈탈탈탈 속도를 내는 오토바이에 앉아 찬바람을 정면으로 맞으며 뒤늦게 후회했다.

동네를 벗어나 넓은 2차선 도로로 나가자 오토바이는 질주했다. 천천히 가자는 말에 동생은 "끼햐!" 하고 괴상한 소리를 내며 핸들을 비틀었다. 신호에 걸리지 않는다면 터미널은 5분 거리였다. 금방 가니까, 하며 추스렸던 마음에 빨간 불이 켜졌다.

"와씨, 경찰차다. 고개 숙여라."

동생의 몸이 긴장한 듯 움츠러들었다. 오토바이 사이드미러로 보니 뒤따르는 두 대의 차 뒤로 정말 경찰차가 따라오고 있었다. 한 명은 헬멧을 안 썼으니 벌금을 물어야 할 것이다. 그게 아니면 우리가 어려 보여서 따라오는 걸까? 초조함에 입술을 꼭 깨물었다.

"괜찮다. 다 왔다. 길가에 세워 줄게."

나는 오토바이가 제대로 멈추기도 전에 서둘러 내렸고, 혹시나 경찰차가 따라 멈출까 봐 터미널 안으로 급하게 뛰어 들어갔다. 전날 밤에는 실기시험에서 어떤 문제가 나올지 긴장했는데, 아침에는 아예 시험장에 도착하지 못하고 경찰서에 끌려가 조사를 받을까 걱정하고 있었다. 동생의 인사를 대신하듯이, 부앙 하며 오토바이가 멀어지는 소리가 등 뒤에서 들렸다.

내가 대학을 졸업하고 일을 하는 동안, 동생도 대학생이 됐다. 아빠의 뜻대로 취업 잘되는 전문대학의 함정특수장비학과에 진학하더니 1학기 만에 관두고 군대에 갔다. 가끔 동생은 나를 원망하는 말을 했다. 누나는 맨날 하고 싶은 걸 하고 산다고, 집안형편도 모르면서. 그 말을 들을 때마다 미안하고 속상했다. 내가 멀리 대학을 간 바람에, 동생의 다른 선택지를 없앤 것만 같았다. 이제 스무 살. 나는 동생에게 '글을 써야만 하는 사정'을 충분히 설명하기가 어려웠다. 대신 군대에서 생활하는 동생에게 '예술의 이해'를 돕는 책을 보냈다. 총 네 권이었다.

김점선,《바보들은 이렇게 묻는다》

체 게바라,《체 게바라 자서전》

기형도,《입 속의 검은 잎》

황석영,《개밥바라기별》

김점선 화가가 그리고 쓴 책에는 독자가 페이지를 디자인할 수 있도록 플라스틱 칼이 들어 있었다. 매 페이지를 칼로 찢어야만 페이지를 넘길 수 있었다. 내무반에서 조심스럽게 칼로 페이지를 찢고 있던 동생은 다급하게 자신을 호명하는 고참의 목소리를 듣고 깜짝 놀랐다.

"김영주 일병! 그 칼 어디서 났나?"

"책에 들어 있었습니다."

동생은 영문도 모르고 책을 압수당하고 상담을 받아야 했다. 한창 군대 내 폭력과 자살이 이슈가 되던 때였다. 동생은 진땀을 흘리며 책에 관해서 설명해야 했다.

나머지 책도 문제가 됐다. 빨간색 표지의 반란군 이야기인 체 게바라 자서전과 기형도 시집이 군대에서는 불온서적으로 분류된다는 것을 뒤늦게 알았다. 모두 수신자 부담으로 걸려온 동생의 전화로 들은 사실이었다.

"내가 군 생활 잘해서 휴가증만 세 개인데,"

"어, 잘했네."

"누나 덕분에 이제는 어딜 가도 병장님이 따라붙는다. 관심을 많이 받게 됐어."

"그래도《개밥바라기별》은 괜찮았지?"

"하……."

"왜?"

"실화인 줄 알았는데 끝까지 보고 나니까 소설이더라?"

　침묵이 찾아왔다. 작가가 되고 싶은 누나를 이해해 줬으면 좋겠다는 바람으로 보낸 일방적인 예술 폭격은 서로에게 상처만 가져다주었다.

　동생의 휴대폰에 저장된 내 이름은 '삼류작가'다. 어느 날 삼류작가와 동생이 함께 연극을 보러 갔다. 동생이 군대를 제대하고 한참이나 지났을 때다. 좋아하는 박근형 연출가의 작품인 〈너무 놀라지 마라〉가 창원 성산아트홀에서 상연됐다. 엽기적이다 할 정도로 비도덕적인 가족의 이야기를 다룬 극사실주의 연극이었다. 서울 대학로에서 호평을 받은 작품이 1년이 지나 창원에서 재상연된 것이다. 지방 사람에게는 흔치 않은 기회였다. 도박빚 때문에 가출한 아내, 집안을 돌보지 않는 영화감독 장남, 그리고 목을 매달고 자살한 아버지까지…… 패륜이라 부를 수 있는 소재가 다 나왔다.

　동생은 라이브로 연기가 펼쳐지는 무대에 긴장한 듯했다. 그리고 어떤 대사에서 별안간 웃음을 터뜨렸다. 전혀 웃기지 않은 상황이었는데 미묘하게 동생의 개그 코드를 건드린 모양이었다. 문제는 관객 아무도 웃지 않는 진지한 분위기였다는 것이다. 끄끅…… 어깨를 들썩이며 웃음을 틀어막는 동생이 우스워 나도 같이 터지고 말았다. 우리는 연극에 해가 되지 않기 위해서 최선을 다해서 입을 틀어막다가도 서로를 흘깃 쳐다보다 또 터지기를 반복했다. 제발 조금의 소음이라도 무대에 흘러 들어가지 않기를, 빨리 연극이 끝났으면 하는 마음이 들었다.

드디어 연극이 끝나고 배우에게 박수를 보내는 시간이 찾아왔다. 연극을 볼 때 내가 가장 좋아하는 순간이었다. 배우 한 명 한 명이 나올 때마다 긴 박수를 보냈다. 언제까지 쳐야 하는지, 얼마만큼 쳐야 하는지 고민이 되지 않았다. 내가 줄 수 있는 박수를 이 순간에 모두 보내고 싶었다. 언제까지 쳐야 하냐고 농담을 던질 것 같았던 동생도 자세를 고쳐 앉고 큰 박수를 보냈다.

우리는 로비 밖으로 걸어 나와서야 터뜨리듯이 큰 목소리로 대화를 나눴다. "아까 왜 그렇게 웃겼지? 와, 웃겨 죽는 줄." 동생은 또다시 눈을 접어 가며 웃었다.

나는 그 뒤로 다시는 동생에게 연극을 같이 보러 가자는 말을 하지 않았다. 그리고 10년이 흘러 남편과 대화하던 동생에게서 우연히 그때 그 연극의 소회를 들을 수 있었다.

"누나 때문에 연극을 처음 봤는데요. 연극이 무슨 내용이었는지는 잘 기억은 안 나는데, 마치고 나서 배우들이 나와서 관객들에게 인사하는데 배우들 얼굴에 땀이 맺혔더라고요. 그게 뭉클하고, 감동적이라고 해야 하나. 말로 다 표현을 못 하겠는데 아무튼 와, 이래서 연극을 보는구나⋯⋯."

그렇게 말하는 동생의 얼굴을 빤히 쳐다보았다. 나를 이해해줬으면 하는 마음으로, 예술을 함께 즐겼으면 하는 이기적인 마음으로 책과 연극을 권했던 건데.

다행인지 불행인지 동생은 잊지 못할 책으로 여전히 군대에서 읽은 네 권을 꼽는다.

이모네 집

피시방 모니터로 '합격'이라는 글씨를 확인하고 침이 꿀꺽 넘어갔다. 기뻤다. 안산에 있는 서울예대에 꼭 입학하고 싶었다. 예술로 유명한 학교에서 잘 배워 빨리 돈을 벌고 싶었다.

식당에서 서빙하고 있을 엄마에게 전화를 걸었다. "나 예대 붙었어!" 엄마는 "정말?" 하고 되물었다. "진짜! 방금 확인했어!" 흥분을 감출 수 없었다. 하지만 "축하해"라는 말이 어째서인지 시원하게 들리지 않았다. 예상보다도 차분한 축하였다.

현실을 몰라도 너무 몰랐다. 대학 합격만 목표로 삼았지, 이후 대학 생활에 대한 고민이나 계획이 전혀 없었다. 일단 집을 떠나 타지에서 학교에 다니면 해가 뜨고 질 때까지 돈이 필요했다. 어디에서 자고, 어디에서 밥을 먹고의 기본적인 문제부터 막혔다. 막연히 '기숙사에 들어가면 되지' 하고 생각했는데 그마저도 3개월에 60만 원이 든다고 했다. 여기에 입학금과 수업료, 전공서적 구입까지 수백만 원이 깨지는 일이었다.

엄마는 오랫동안 보지 못한 막냇동생에게 전화를 걸었다. 젊었을 적, 타지에서 사료 장사를 하는 자신을 도와주러 종종 집을 찾아왔던 마음씨 착한 동생이었다.

"복아, 수미가 대학에 합격했는데……." 엄마가 어떤 마음으로 막내 이모에게 전화를 걸었을지 상상해 보면 바닥에 납작 엎드리고 싶어진다.

복이 이모는 결혼해서 인천에서 살고 있었다. 엄마의 다섯 형제 중 가장 순하고 착한 동생이기도 했다. 이모는 자신의 집에서 딸이 학교에 다닐 수 있겠냐는 언니의 말을 거절하지 못했다. 그래서 나는 인천행 버스를 탈 수 있었다.

난생처음 인천터미널을 구경했고, 인천 지하철을 타고 작전역이라는 곳에 내렸다. 길을 헤맬까 봐 이모가 사는 아파트까지 택시를 탔다. 대학에 간다는 설렘으로 가방을 챙겼는데 막상 이모 집 앞에 다다르자, 붕 떠 있던 마음이 가라앉았다. 길을 설명해 주던 이모의 침착한 목소리가 생각났다.

초등학생 무렵에 본 젊은 이모의 모습이 마지막이었다. 이모가 결혼하고 아이를 낳아 키운다는 말을 전해 들었지만, 우리 사이에 그 흔한 축하나 안부 같은 교류는 없었다. 이모에게 나는 언니의 딸이지만, 어쩌면 남이라고 봐도 무방한 사람이었다.

현관문 앞에 와서야 이모의 반응이 두려웠다. 뜸을 들이다 초인종을 눌렀다. "누구세요?"라는 말에 조심스럽게 "이모, 저 수미예요"라고 대답했다. 어디서나 자기소개는 긴장되는 일이지만 이모가 묻는 누구냐라는 질문에 대답하는 일은 평소보다 좀 더 작아지는 기분을 안겼다. 처음 보는 현관문이 열렸고, 문 사이로 작은 두 사람도 보였다. 이모의 어린 딸들이었다.

엄마에게서 들은 이모에 대한 정보는 아주 간단했다. 인천에 살고 있고, 남편은 주류회사에 다닌다. 그리고 아이를 키운다는 것. 하지만 아이들이 몇 살인지도 알지 못했다. 묻지도 않았고, 어쩌면 들었더라도 잊어먹었을지도 모른다. 처음부터 잘못을 저지른 기분이었다.

이모는 밥은 먹었냐, 하고 물었다. 만약 지금이라면 거짓말을 했을 텐데. 이모는 말없이 일어나 밥을 차려 주었다. 빨갛게 무친 콩나물나물과 참기름과 소금으로 맛을 낸 고사리나물, 두 가지가 눈에 띄었다. 초대받지 못한 손님이구나, 나물들을 먹으며 생각했다. 그래도 맛은 있었다. 이모는 요리를 잘하는 사람이구나. 두 번째 얻은 정보였다. 크고 작은 세 사람의 시선 속에 가만히 밥을 먹었다.

이모가 차리는 밥은 맛이 좋았다. 콩나물국도 감칠맛이 나고, 참치를 넣은 김치찌개도 맛있었다. 얼큰한 닭볶음탕은 별미였다. 밥 먹는 시간이 어색했지만 맛있어서 좋음을 감출 수 없었다. 한 달에 두어 번쯤 쟁반자장을 시켜 먹었고, 밖으로 나가 감자탕 집에서 외식도 했다.

이모 집에선 2년을 살았다. 이후엔 종로의 여성 전용 고시원으로 옮겨갔는데, 이모는 내가 살게 될 고시원을 둘러보기 위해 지하철을 타고 4호선 대학로역까지 같이 가 주었다. 한 시간 반이 걸리는 거리를 선뜻.

작은 방을 우두커니 쳐다본 이모는 "그래도 깨끗하네"라고 말했다. 그리고 보태 쓰라고 10만 원을 쥐여 주었다. 사양하면서도 그 돈을 받았다. 가끔 어떤 책임감이 이모를 대학로까지 데리고 온 걸까 생각해 본다.

　이모 집에 사는 동안 자주 콩나물이 식탁에 올랐다. 보기에는 간단해도, 이모가 만든 것처럼 맛있게 콩나물국을 끓이기는 어려운 일이다. 요리란 여러 번 해 보면 는다고 하지만, 아무리 시간이 지나도 쉽지 않은 메뉴가 있다. 콩나물국이 그랬다.

　어김없이 또 콩나물국 맛 내기에 실패한 날, 이모에게 전화를 걸었다. 목적이 있을 땐 좀 더 작은 결심으로 안부 전화가 가능했다.

　"응, 수미니?"

　다정한 응답에 나는 예전에 이모가 끓여 준 콩나물국 맛이 종종 생각난다고 너스레를 떨었다. 어떻게 해도 그 맛이 안 난다고, 비법이 궁금하다고 물었다.

　"그냥 끓는 물에 콩나물 넣고 간을 하면 돼, 소금 넣고."

　"그렇게 했는데도 맛이 안 나요. 다시다도 넣었는데."

　조금 뜸 들이던 이모는 속삭이듯 말했다.

　"미원을 좀 넣어야 해. 그래야 맛이 좋아."

(2장)

가난하지만
작가가 될게요

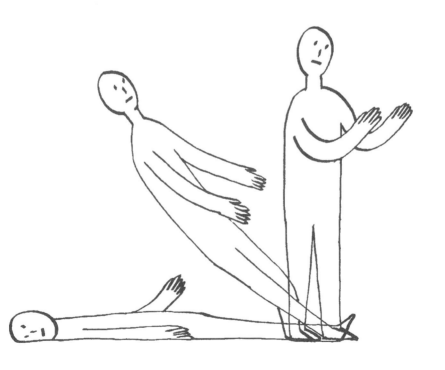

지뢰찾기의 끝

입학 기념으로 옷을 한 벌 사 주고 싶다는 이모와 인천 부평 지하상가를 돌아다녔다. 개미굴처럼 복잡한 지하상가의 여러 옷가게 앞에서 "이 옷은 어때, 수미야?" 하고 자주 묻는 이모에게 나는 고집스레 말했다.

"어차피 과 잠바 입고 다닐 거라 괜찮아요. 외투 필요 없어요."

결국 이모가 사 주고 싶어 했던 코트나 카디건 말고 과 잠바 안에 받쳐 입을 노란 후드티셔츠 하나를 샀다. 한창 멋내기 좋아할 대학 신입생이 한사코 외투는 하나면 충분하다고 말하는 걸 보면서 이모는 의아해했다.

나름의 이유가 있었다. 신입생들은 전방 100미터에서 봐도 눈에 띄일 만큼 큰 글씨로 '서울예술대학 극작과'라고 수놓인 과 잠바를 1학기 동안 반 의무적으로 입고 다녀야 했다.

극작과 잠바는 타 과 잠바보다 독보적인 면이 있었다. 마치 아수라 백작이 입는 옷처럼 옷깃이 위로 뻣뻣하게 세워져 있었고, 슬림핏인데 허리 아래에서 A자로 퍼지는 어중간한 모양새와 길이였다. 어떤 패셔니스타가 와서 코디한다고 해도 웃음을 살, 그런 옷이었다. 디자인은 사뭇 구렸지만 실용성 하나는 좋아서 기말작품이나 졸업작품을 준비하며 밤샐 때 이불 대신 요긴하게 쓰였다. 길이가 길고 두툼해 따뜻했다.

3월, 꽃샘추위가 찾아온 봄날이었다. 설레는 마음으로 과 잠바를 입고 강의실에 들어섰다. 글 쓰는 사람들이 모인 강의실을 벅찬 마음으로 바라봤다.

이 중에는 전국 백일장을 휩쓸었다고 소문난 사람이 있었고, 인터넷 소설을 써서 고등학교 때 이미 출간 작가가 된 사람도 있었다. 스무 살도 있었고 서른 살도 있었다. 법대에서 공부하다가 온 사람도 있었고, 공장에 다니다 온 사람도 있었다. 다양한 나이와 개성이 뒤섞인 사람들이 쓰는 이야기는 또 얼마나 다채로울 것인가. 작가라는 꿈을 꾼다는 이유 하나로 친근감이 느껴졌다. 동기들이 쓰는 글이 유명한 작가의 강의만큼 기대됐다.

　그동안 내게 진로를 찾는 여정은 마치 지뢰찾기 같았다. 관심 가는 일 중에서 아주 완벽히 망하지 않을 길을, 할 수 있는 길을 살살 골라 걸어가는 것만 같았다. 만화가가 되고 싶었지만 그림을 못 그리니 만화 스토리 작가가 되고자 했고, 주변에 만화 스토리를 배울 데가 없으니 다른 글을 배워 보고자 했다. 소설이나 시를 쓰기에는 문장력이 부족한 것 같으니 시나리오나 희곡을 쓰면 어떨까 했고 서성이던 끝에 극작과에 입학했다. 이제 나의 지뢰찾기는 여기서 끝인 걸까.

　그렇게 도달한 이곳에서 나는 피할 수 없는 큰 산을 만났다. 바로 재능이라는 산이었다. 내로라하는 교수님부터, 반짝이는 아이디어와 탄탄한 구성을 갖춘 이야기를 쓰는 동기들까지, 글 잘 쓰는 사람이 많아도 너무 많았다.

　'글은 저런 사람들이 쓰는구나.' 속으로 좌절했다. 내가 쓴 글은 뛰어난 작품들로 공연을 올리는 기말작품전, 졸업작품전의 기회는 당연히 얻지 못했거니와, 시나리오 수업 때 영상으로 제작되는 작품으로도 뽑히지 못했다. 아무래도 희곡이나 시나리오는 내 길이 아닌 것 같았다.

대체 앞으로 무슨 글을 써서 어떻게 먹고산단 말인가. 나의 지뢰찾기가 다시 시작됐다. 아마 강의실에 앉아 있는 사람 중에도 나와 비슷한 고민을 가진 사람이 있지 않을까? '이만하면 잘 쓴다'고 생각해 예술대학에 입학했는데 '이 정도로는 안 되겠다'고 낙담한 사람.

마치 우리 속을 꿰뚫어 본 것처럼 교수님이 이런 이야기를 했다.

"재능이 있는지 없는지는 지금 따지지 말고, 10년은 해 보고 결정해. 10년은 해 봐야 재능을 알아. 재능이 있냐는 질문은 그때 하도록 해."

그 말이 위안도 되고 용기도 됐다. 일희일비하지 말고 맷집과 끈기를 가지라는 말처럼 들렸다. 나는 교수님이 말한 10년이 흐른 뒤의 내 나이를 생각했다. 10년 뒤면 딱 서른이었다. 만약 그때가 되어서 재능이 없다고 판단하면, 선뜻 포기할 수 있을까? 나는 2년을 더 계산에 포함했다. 졸업하고부터의 나이인 스물두 살부터 치기로 한 것이다. 적어도 서른셋 정도면 글 쓰는 데 재능이 있는지 없는지 알 수 있겠지. 강산도 변한다는 '10년'이라는 시간. 세월이 주는 너그러움 덕분에 '그래, 한번 써 보자' 마음먹을 수 있었다.

시간에 맞춰 듣게 된 아동극 수업에서였다. 정해진 대사를 넣어 짧은 아동극을 완성하는 게 과제였는데, 작품 발표 후 교수님의 피드백이 평소와는 달랐다. 칭찬의 말들이 쏟아지더니 화룡점정으로 운명과 같은 말 한마디를 듣게 됐다.

"수미는 아동극에 소질이 있어."

귀가 번쩍 뜨였다. 작법 시간에는 한 번도 들어 본 적 없는 칭찬이었다. 그리고 아동극은 쓰겠다고 생각해 본 적도 없는 장르였다. 나뿐만 아니라 거의 모든 동기의 관심사에서 먼 장르였다. 다들 드라마, 희곡은 쓰고 싶어 했지만 거기서 더 세분된 청소년극이나 아동극은 크게 관심이 없었다. 이게 바로 블루오션이란 거구나. 글 잘 쓰는 동기들이 별 관심 없는 영역. 오호라, 내가 잘할 수 있으며 빛날 수 있는 장르의 발견이었다!

스니커즈 언니와 수박 동생

부모님이 부쳐 주는 한 달 용돈은 30만 원이었다. 그 돈으로 차비와 식비, 필요한 물건을 샀다. 아무리 아껴 써도 늘 한 달을 채우기 전에 동이 났다. 친구의 생일 선물을 사거나, 화장품이나 옷을 사는 일에 마음을 졸이지 않으려면 아르바이트는 숙명이었다. 그래서 방학엔 마산으로 돌아가 일을 했다.

이름이란 뭘까. 한창 아르바이트를 할 때는 '수미'라고 불릴 일이 그다지 없었다. 대체로 "여기요" 또는 "저기요"로 불렸다.

캔모아에서 빙수를 만들 때도 그랬고, 마트에서 판촉행사를 할 때도, 식당에서 서빙을 할 때도 그랬다.

　그곳에선 '수박'이라고 불렸다. 대형마트에서의 정체성이었다. '수미'라는 이름보다 더 명료했다. 뭘 파는 사람인지 알 수 있었으니까. 한여름의 수박 판촉행사원. 찌는 듯한 더위에 피서를 온 듯 마트는 사람들로 늘 북적였고, 수박은 굳이 판촉행사를 하지 않아도 잘 팔리는 품목에 속했다. "수박 사세요~" 말할 필요도 없었다. 대신 수박을 촘촘하게 잘라서 접시에 두기만 하면 지나가던 사람들이 맛을 판단하고 구매를 결정했다.

　아홉 시간 중 점심시간 한 시간을 제외하고 서서 수박을 잘랐다. 윗동을 자른 후에 마치 조각하듯 몸통을 작은 큐브 모양으로 나눠 접시에 올렸다. 아주 섬세하고 어려운 기술은 아니었지만, 속도가 문제였다. 사람들이 시식하는 속도를 따라가기 힘들었다. 때로 화장실을 간다고 자리를 비우면 쟁반에 올려둔 수박 반 통이 사라져 있기도 했다. 자신의 두 손보다 큰 수박 덩어리를 먹으며 유유히 지나가는 아저씨를 보고 경악을 금치 못했다.

　자주 듣는 말은 "아가씨가 하나 골라 주세요"였다. 단기 판촉

알바생이었지만 그 질문에는 신뢰가 가도록 진지하게 대답했다. "까만 줄무늬가 선명하고, 꼭지가 싱싱한 게 맛있어요"라는 말을 자동응답기처럼 내뱉던 때였다. 수박 매대가 바닥을 보이면 지게차가 와서 다시 수북하게 수박을 쌓아 주었다. 일이 다 끝나고 나면 손끝에서 푸릇한 수박 향이 났다.

아르바이트는 길면 열흘 안에 끝이 났다. 아무리 지겹고 힘들어도 열흘만 하면 되니까, 빨리 끝이 보인다는 게 위안이었다.

1층 매장에는 판촉행사원이 열 명 정도 더 있었다. 주로 맛을 보면 구매가 쉬워지는 식품류에서 판촉행사가 이뤄졌다.

스니커즈 언니는 자연스럽게 알게 됐다. 맞은편에 언니가 서 있었기 때문이다. 언니는 대용량 초코바의 판촉을 맡고 있었다. 언니는 사람들이 지나갈 때면 적절하게 "스니커즈 초코바 행사합니다! 보고 가세요"라고 귀에 쏙 박히는 카랑카랑한 멘트를 쳤고, 쉬는 시간도 잘 지켰다. 프로였다. 회사에서 제공한 짧은 치마 유니폼에 화장은 늘 풀메이크업이었다. 판매 촉진을 위해 너무나 준비된 자였다. 언니는 "수박 동생 왔어?" 하고 마치 알던 사람처럼 말을 건넸다. 길고 짙은 속눈썹이 인상적이었다.

판촉 아르바이트생끼리는 지켜야 할 불문율이 있었다. 고객이 이미 카트에 다른 브랜드의 상품을 넣었다면, 더 영업하지 않는 것이다. 화이트 생리대를 팔 때, 물건을 진열하던 마트 이모가 비밀스럽게, 그러나 무겁게 해 준 말이었다.

"절대로 위스퍼 산 사람에게 화이트 권하지 마라."

전에 큰 싸움이 있었다는 말이 이어졌다. 그래서 위스퍼 생리대를 카트에 넣은 고객이 지나갈 때면 자동반사적으로 나오는 "화이트 행사합니다~"라는 말을 멈추고 일부러 입에 힘을 주어 침묵을 지켰다. 옆에 선 위스퍼 이모가 슬쩍 쳐다보는 게 느껴졌다. 그 정도는 안다고, 상도덕을 지키겠다는 신뢰의 눈빛을 이모에게 고요하게 쐈다.

스니커즈 언니는 과하지도, 모자라지도 않게 판촉을 했다. 늘 손에 스니커즈 두 봉지를 들고 있었고, 그냥 지나가는 사람에게도 상냥한, 그러나 철저히 직업적인 미소를 보냈다.

우리가 싸울 일은 없었다. 나는 수박을 판매하고, 언니는 초코바를 판매하니 경쟁 상대가 되지 않았다. 수박을 산 사람이 초코바를 담을 수도 있으며, 초코바를 산 사람이 수박을 사지 않아도 별문제가 되지 않았다.

손님이 없을 때면 우리는 카트가 지나갈 정도의 사이를 두고 수다를 떨었다. 너무 크게 웃거나 과하게 옆을 돌아보면 안 되기 때문에 바른 자세로 서서 입만 움직이는 식이었다. 멀리서 보면 마치 가만히 서 있는 것처럼 보이게끔 말이다.

"이 일 언제까지 하겠어? 젊을 때 바짝 벌어야 해."

언니는 부산에 살지만 창원까지 일하러 온다고 했다. 부산은 아는 사람이 너무 많아서 창원이나 양산이 마음 편하다고 했다. 불현듯 생리대 매대에서 아르바이트를 하던 고3 방학 때 담임선생님을 만난 기억이 났다. 선생님은 "너는 팔아도 남새스럽게……"라고 말하며 생리대 하나를 카트에 기꺼이 담아 주었다.

20대 초반부터 판촉 행사를 한 언니는 이제는 다른 행사원보다 적게 일하고 많이 번다고 했다. 판촉 아르바이트는 시급이 아닌 일당제였다. 당시 일당 6만 원을 받았던 나는 언니가 얼마나 버는지 궁금했다. 언니와의 대화가 자연스러워질 무렵 슬쩍 물었다. "언니는 일당 얼마예요?"

사람이 오나 안 오나 양옆을 살핀 언니는 손가락 열 개를 펼쳐 보였다. "우와~" 하고 감탄사를 다 뱉기도 전에 언니는 손가락 열 개를 거두고, 다시 두 개를 펼쳤다. 열둘. 그러니까 12만

원이었다. 나는 엄지손가락을 번쩍 들어 올렸다.

"너는 방학이라서 알바하는 거야? 조금 있으면 끝나겠네."

아쉽다거나 섭섭한 표정이 아니었다. 판촉행사원들은 대부분 짧게 일하고 사라졌으니까. 언니와 나도 다를 게 없었다.

"수박 동생."

"네, 언니."

"우리가 서로 이름도 모르지만, 다음에 혹시 다른 곳에서 우연히 만나면 인사는 하자."

언니는 앞치마 호주머니에서 초콜릿을 꺼내 몇 개씩 몰래 건네주기도 했다. 가끔 물건을 쌓거나 옮기는 과정에서 봉지가 터진 상품이 발견되기도 했다. 판매할 수 없는 제품은 '불량'이라고 적힌 스티커를 붙여 창고 속 빨간 바구니에 담아 버리기 때문에, 언니는 거기서 몇 개를 꺼내 함께 서서 판촉하는 사람들에게 나눠 주었다.

얼마 전 아이들과 마트에 갔다가 우연히 스니커즈 언니를 만났다. 언니라고 확신한 것은 변하지 않은 카랑카랑한 목소리 때문이었다. "맥심 행사합니다!" 흐릿하게 지나쳤지만 긴

속눈썹과 동그란 눈이 언니였다. 아는 척을 할까 순간 고민했지만, 결국 뒤돌아서지 못했다. '우연히 다른 곳에서 만나면 인사하자' 하던 언니의 말이 맴돌았지만, 용기가 나지 않았다. 한여름에 잠깐 본 수박 동생을 기억하리라는 확신이 없었다. 계산대를 향하며 생각했다. 맥심이라니, 잘 팔리는 브랜드라 다행이다.

언니, 잘 살아야 해요

처음으로 독립을 해서 산 곳은 집이 아니라 방이었다. 고시텔은 하나의 큰 방을 잘게 나눠 놓은 조각 같았다. 그 조각 중 하나가 내 방이었다.

그래도 복도 쪽으로 창문이 하나 나 있는 방이었다. 사람 붐비는 대학로에 위치한 데다 여성 전용이라는 점이 만족스러웠다. 침대 하나, 작은 책상 하나로 꽉 차는 방의 월세는 40만 원 (현금으로 지불한다는 조건으로 만 원을 깎아 39만 원). 버는 돈에 비해 부담스러운 액수였지만 처음 내 방을 가지는 것이니 깨끗

한 곳에 살고 싶어서 덜컥 결정하고 말았다.

옆방 언니와 말문을 튼 건 공동 주방에서였다. 라면과 계란, 밥은 무료였던 곳이라 종종 밥과 계란프라이, 그것도 아니면 라면을 끓여 먹었다. 가끔 밥솥에 밥이 빌 때가 있었는데, 그럴 때면 고시텔 총무나 원장이 와서 다시 쌀을 씻어 안쳤다. 그럼 또 밥이 되기까지 30분을 더 기다려야 했으니 웬만하면 정해진 시간에 밥을 먹는 게 좋았다.

혼자 식탁에 앉아 젓가락으로 라면 면발을 건져 올려 후후 불며 먹고 있을 때였다. 누군가 작은 접시에 반찬을 내주었다.

"제가 만든 건데 이것도 같이 먹어 보세요."

윤기 나는 새송이버섯볶음이었다.

"반찬 만드는 게 귀찮긴 해도, 잘 먹어야 할 거 같아서요."

반찬을 나눠 주는 것이 머쓱한 일인지, 언니는 설명을 덧붙였다. 그리고 반찬이 담긴 락앤락 통을 든 채로 말했다.

"102호 맞죠? 복도 지나면서 봤어요. 옆방 103호예요."

102호와 103호. 이름보다 확실한 자기소개였다.

오랜만에 맛보는 버섯 반찬이었다. 부드럽고 탄력 있는 버섯의 질감을 느끼며 꼭꼭 씹어 넘겼다. 김과 계란프라이를 곁들이는 정도면 잘 챙겨 먹는 축에 속했던 때라 버섯볶음이 새삼스러웠다. 약간 싱거운 듯한 버섯볶음을 남기지 않고 다 먹었다.

아침 아르바이트로 도넛 가게에서 일을 하고 돌아오면 12시 30분이었다. 우리는 그 시간에 늘 밥을 먹는 고정 멤버였다. 주방에 서서 혹은 앉아서 이야기를 나누다 각자의 방으로 들어갔다.

언니는 비영리단체에서 일하다가 그만두고 공무원 시험을 준비하고 있다고 했다. 중국의 소수민족이 사는 마을을 몇 달 동안 혼자서 여행하다 온 이야기도 들려주었다. 소수민족의 언어는 알아듣기가 힘들어서 자신이 익히 알고 있던 중국어는 그곳에서 별 소용이 없었다고 했다. 거기 사람들은 뭐랄까……언니는 '순수하다'는 말을 어렵게 했다. 그러고는 소수민족 마을이라 언제 사라질지 모르니, 그전에 꼭 다시 갈 거라고 힘주어 말했다.

"언니, 다음에는 나랑 같이 가요. 나도 데려가요."

여행이란 것을 꿈꿀 수 없는 통장 잔고였지만, 우리는 덜컥 약속했다. 언니가 마주했던 풍경들이 어떻게 달라졌는지, 혹은 여전한지 함께 보고 싶었다.

"그러자, 꼭 같이 가자. 대신 너도 중국어 배워야 해."

언니는 오래전에 공부했던 중국어 책을 가져다줬다. 빨간색 표지의 중국어 책은 얼마나 많이 봤는지 페이지마다 필기와 밑줄이 빼곡했다. "너무 지저분하지?" 하며 미안하다는 표정으로 책을 건네던 언니의 얼굴.

여성 전용 고시텔에서 두 달을 살았다. 버는 돈은 50만 원도 안 되는데 방값으로 39만 원이 나가니 생활이 깜깜했다. 돈을 아껴 쓰는 것 말고는 답이 없는 시절이었다. 결국 7만 원 더 저렴한 남녀공용 고시텔로 옮기기로 했다. 고시텔 원장은 사정을 듣더니 이사 확정 전까지 더 있어도 된다고, 3일 더 머무르라고 웃으며 말했다. 그리고 짐을 빼기 하루 전날 찾아와 3일치 방값을 더 계산하고 가라고 했다.

"추가 비용 내야 한다는 말은 없었잖아요."

"말 안 해도 당연한 거 아니니? 세상에 공짜가 어디 있니?"

같은 말을 반복하는 나를 보며 답답해하던 원장은 아래층에서 공부하던 법대생 총무 언니까지 불렀다. 법대로 하자는 것이었다. 3일의 비용을 내고 방으로 돌아와 문을 잠갔다. 그리고 주문처럼 되뇌었다. 순진하게 살지 말자. 누가 무엇을 내주거든 선의라고 생각하지 말고 먼저 의심하자.

다른 고시원으로 옮기는 날은 비가 왔다. 비 오는 날의 이사가 통 내키지 않았다. 이왕이면 맑은 날에 가고 싶었지만 추가 비용을 계속 내느니 하루라도 빨리 다른 고시원으로 가고 싶었다. 무엇보다 원장에게 더 돈을 보태 주기 싫었다.

굳은 날의 이사를 도운 건 103호 언니였다. 택시를 부르고 함께 트렁크에 짐을 실었다. 장대비였다. 커다란 라면박스에 든 짐을 옮기려니 우산을 들 수 없었다. 겨우 박스 세 개의 짐을 옮기는 동안 언니의 옷도, 내 옷도 모두 비에 젖었다. 나는 택시 안의 시트가 젖는 건 아닌지, 너무 오래 기사님을 기다리게 한 건 아닌지, 사실 그게 더 걱정됐다.

33만 원짜리 고시텔은 2층에 있었다. 엘리베이터가 없었고, 좁고 긴 계단을 걸어 올라가야 했다. 책이 많은 게 후회였다. 무거운 박스는 언니와 함께 들고 계단을 올랐다. 짐을 고시텔 입구까지 옮긴 언니는 마중 나오지 말라고, 바로 가겠다며 손을 흔들었다. 안경에는 김도 서렸고 빗방울도 맺혀 있었다. 언니 눈동자가 잘 보이지 않았다.

내가 각색한 아동극 공연을 처음 보러 온 것도 언니였다. 극장에 도착한 언니는 작은 꽃다발을 내밀었다. 소극장 공연은 처음이어서 기대된다고 말하는 언니를 실망시키면 어쩌나 걱정이 더러 들었다. 평일 낮 공연이라 객석은 어린이 관객 서너 명이 전부였다. 옆에 앉은 언니는 호응이 필요한 곳마다 크게 손뼉을 쳤다. 공연이 끝나고 나선 "대단하다, 수미야" 하고 말해 주었다.

　원망스럽게도, 그런 언니의 이름이 지금은 기억나지 않는다. 휴대폰을 여러 차례 바꾸면서 저장된 언니의 번호도 사라졌다. 이름을 메모해 둘걸. 전화번호를 적어 둘걸.

　버섯볶음을 밀어 주며 언니가 수줍게 건넨 "잘 먹어야 할 것 같아서"라는 말은 "잘 살아야 할 것 같아서"라는 의미라는 걸 안다. 입맛이 없다는 핑계로 쉽게 가스레인지에 라면 물을 올리다가도 언니 생각이 나서, 파르르 끓던 물을 그대로 두고 냉장고 문을 열어 본다. 먹고 싶은 반찬을 꺼내고 밥솥의 밥을 푸고 김을 잘라 상을 차린다. 식탁에 수저를 놓고 반찬을 보기 좋게 접시에 올려 담아 밥을 먹는다. 그리고 밥알을 꼭꼭 씹어 삼키며 속으로 안부를 묻는다. 언니, 잘 지내요? 언니는 잘 살아야 해요.

나아지는 일

여름은 해가 길었다. 그래도 오후 6시의 맥주는 낮술이라고 부르기에 애매했다. 한낮의 햇빛이 한층 누그러진 운동장 벤치에 희영 언니와 내가 나란히 앉았다. 언니는 내가 각색한 아동극에 출연하는 배우였다.

〈황금 거위〉라는 연극에는 다섯 명의 배우가 출연했고, 언니는 나름 비중이 큰 배우였다. 사실 비중을 논하기에는 다섯 배우 모두 맡은 역할이 많았다. 다들 두세 개의 역할을 한꺼번에 맡았기 때문이다. 예를 들면 첫째 형 역할을 맡은 배우가 동시에 공주 역과 여인숙 사장 역을 맡는 식이었다. 배우가 많아지면 공연 예산도 늘기 때문에 항상 다섯 명 정도의 배우가 출연할 수 있게 글을 써야 한다고, 극단 대표이자 연출가는 강조했다.

첫 리허설은 막 공연이 끝난 소극장에서 이뤄졌다. A4용지에 박힌 글자가 목소리로 살아나는 걸 눈앞에서 보는 일은 견디기 힘든 긴장과 창피함을 불러왔다. 배우들이 말로 뱉은 대사에서 어색함이 조금이라도 느껴진다면 몽땅 동그라미를 쳤다. 제대로 쓰지 않은 벌을 받는 기분이 들었다. 공 던지기 묘기를 한다는 지문에 맞춰서 쉬는 시간마다 공을 손에 익히는 배우를 보면서 쉽게 글을 썼던 시간을 떠올렸다.

배우들은 이번 연극을 위해 새롭게 모인 사람들이었다. 어떻게 해서 출연하게 됐는지는 알 수 없었지만, 다섯 명의 호흡이 그다지 좋지 않다는 것은 첫 리허설 때 알 수 있었다. 가장 큰 문제는 희영 언니의 연기였다. 어디 한 군데가 틀렸다고 말하기가 어려울 만큼 표정, 행동, 대사가 모두 묘하게 어색했다. 특히 연극의 하이라이트 중 하나인 황금 거위에 손이 찰싹 하고 달라붙는 장면에선 낭패감이 밀려왔다. "손이 붙었네!"라는 대사가 너무 긍정적이고 발랄했기 때문이다. 연출가는 그런 뉘앙스가 아니라고, 당황하고 놀라서 울상을 하며 튀어나오는 대사라고 했지만 언니의 "붙었네!"는 나아질 기미가 보이지 않았다.

가만히 있어도 생글생글 웃는 얼굴은 희영 언니의 트레이드마크였다. 하지만 연극에는 응당 희로애락이 있기 마련이었고, 배우라면 슬픔과 노여움도 소화해야 마땅했다. 언니의 모든 대사에는 웃음기가 묻어 있었는데 그걸 개성이라고 부를 수는 없었다.

매일 연습이 이어졌고, 언니는 늘 같은 지적을 받았다. 공연 올릴 날짜는 다가오고 연기는 좋아지지 않자, 연출가의 목소리도 점점 높아져 갔다. "다시!"라는 말 대신 직접 올라가 연기를 지도하는 일이 잦아졌다.

하루는 그가 연습이 끝나고 따로 나를 불렀다. 그리고 낮은 목소리로 이번 연극에서 배우를 해 보는 건 어떠냐고 제안했다. 각색료보다 더 많은 돈을 줄 수 있다는 말은 친절하게 들리기까지 했다. 하지만 누구 대신으로 들어가게 될지 빤히 보였다. 고개를 저었다.

공연 포스터가 나왔다. 연습도 막바지에 이르렀다. 왜 경기도에 사는 언니가 종로까지 나를 찾아왔는지 묻지 않았지만,

언니 표정을 보고 짐작할 수 있었다. 우리는 운동장 벤치에 앉아 편의점에서 산 맥주를 홀짝이며 이야기를 나눴다. 자연스럽게 연기에 대한 고민이 흘러나왔다.

다 알고 있는 이야기였지만 언니에게 직접 듣기는 처음이었다. 가방에서 꺼낸 대본에는 언니가 해야 할 대사들이 형광색으로 칠해져 있었다. 문제의 '붙었네'라는 대사에도 선명한 색깔이 그어져 있었다.

그 자리에서 우리는 '붙었네'라는 대사를 열 번 정도 같이 반복해 보았다. "붙었네?" "붙었네!" 내가 먼저 말하고, 언니가 따라 하는 식이었다. 연기 지도를 할 수 있는 역량은 아니었지만, 직접 썼으니 어떤 뉘앙스인지 정도는 알 수 있었다. 언니로서는 지푸라기라도 잡는 심정이었을 것이다. 열 번이 넘게 서로 같은 대사를 하다 보니 어느새 언니의 톤과 내가 뱉는 톤이 닮아 있었다. 뭐가 더 나은 것인지 알 수 없었다.

둘 다 맥주만 들이켰다. 조금 더 나아지는 일은 얼마나 어려운지, 그럼에도 조금 더 좋아지도록 노력하는 건 또 얼마나 애처로운지, 여전히 웃음기 띤 언니의 얼굴을 보면서 생각했다. 해가 진 운동장에서 우리는 다 마신 맥주캔을 구겨 봉지에 담았다. 시간 내줘서 고맙다고 말하는 언니에게 "아니에요"라고 대답했다. 진심이었다. 정말 하나도 도움이 된 것 같지 않았다. 너무 늦지 않게 집에 가기 위해 지하철역 안으로 사라지는 언니에게 "잘될 거예요"라는 말 대신 "잘 가요"라고 인사했다.

언니가 출연하는 연극은 3개월 동안 상연됐다. 그동안 "붙었네"라는 대사를 조롱하거나 언니에게 야유를 던진 관객은 아무도 없었다. 어쩌면 황금 거위에 손이 붙는 일이 그리 비극적인 사건이 아닐지도 모르겠다.

넘어지지 않기 위해

반하려면 별일이 다 생기기 마련이다. 네모에게 반한 순간이 그랬다.

1호선 열차로 환승하기 위해 걸어가던 네모는 긴 계단 앞에 서 잠시 멈췄다.

"난 조금 천천히 갈게."

네모의 눈길은 계단 끝을 향했다. 지하에서 지상으로 정확하게 한 발씩 떼는 네모의 웃음기 밴 얼굴에서 빛이 났다. 햇빛에 반사된 뺨과 담담한 목소리. 내가 빠르게 뛰어 내려가거나 올라

가며 환승 시간을 맞출 때와는 다른 묘한 긴장감이 느껴졌다. 계단을 다 오를 때까지 네모와 속도를 맞추는 데 성공한 나는 네모와 연애를 시작했다.

세상에는 계단이 정말 많다. 이건 네모를 만나면서 몸으로 깨달은 사실이다. 네모는 어릴 적 앓았던 뇌성마비로 발목을 쓸 수 없었다. 성인이 되어 수술을 했지만 긴 흉터만 남고 증상은 나아지지 않았다. 장애는 겉으로 크게 드러나지 않았지만 계단을 오르고 내릴 때는 손잡이가 필요했고, 넘어지면 타인의 도움 없이 혼자서 일어나지 못했다. 우리는 계단을 만나면 얼마나 높은지, 혹은 얼마나 깊은지 눈대중으로 헤아리고 발걸음을 뗐다. 네모는 "가자"라고 말하며 내 손을 꽉 쥐었다.

함께 마트에서 장을 보고 나오는 길이었다. 네모가 털썩 주저앉았다. 넘어졌다는 표현보다는 주저앉았다는 표현이 더 적합했다. 어떻게 일으키면 좋을지 주변을 두리번 살피고 있을 때 네모는 "잡아 줘"라고 작게 말했다. "하나 둘 셋, 하면 당겨 줘."

하나, 둘, 셋! 둘만 들릴 법한 구령 소리에 맞춰 네모를 끌어당겼다.

"부자가 되면 세상 모든 계단을 에스컬레이터로 바꿔 줄게."

사랑하니까 할 수 있는 맹세였다.

많이 걷는다면 아무래도 넘어질 일이 많을 테지만, 네모는 멀리 가는 것을 망설이지 않았다. 그래서 한라산도 함께 오를 수 있었다. 네모의 아버지는 네모에게 얼마의 목돈을 주면서 하고 싶은 일을 한번 해 보라고 했다. 혼자 힘으로 어디까지 할 수 있을까 시험해 보고 싶었던 걸까. 네모는 도보여행을 계획했다. 방학 기간이었으므로 나는 선뜻 동행하기로 했다. 그래서 조치원에서부터 목포까지 함께 걸었다. 목표는 한라산이었다. 비가 와서 여의치 않을 때는 기차를 타기도 했다.

20여 일 만에 우여곡절 끝에 목포에 도착했을 때, 우리의 피부는 햇볕에 그을려 있었고 떠나기 전보다 대화는 조금 줄어 있었다. 배를 타고 최종 목적지인 한라산이 있는 제주로 향했다. 나는 뱃멀미를 하는 탓에 바닥에 납작 엎드려 갔다.

우리는 철저하게 계획을 세웠다. 만약을 대비해 등반이 가능한 가장 이른 시간에 한라산을 오르기로 했다. 평지를 걷는 것과 산을 오르는 것은 다른 인내심과 체력을 요구했다. 우리는 길이는 가장 길지만 오르기 가장 완만하다는 성판악 코스를 택했다.

아무리 평탄한 코스라고 하더라도 산은 산이었다. 네모는 한라산의 절반도 오르기 전에 지쳤고, 정상을 2.3킬로미터 앞둔 진달래밭 대피소에서 체력이 완전히 바닥났다. 여러 사람의 도움을 받으면서 올랐지만, 더 걸을 수가 없었다. 한 시간 반 정도만 더 오르면 정상이었지만, 해가 지기까지 시간이 얼마 남지 않았다. 해가 지면 등반이 금지되기 때문에 네모와 나는 선택해야 했다.

나는 혼자 올라 캠코더로 정상을 찍어 오겠다고 말했다. 산을 부지런히 내려오는 사람들을 보면서 정상을 향해 뛰듯이 올랐다. 그리고 도착한 백록담을 캠코더 화면에 담았다. 그날의 풍경이 잘 기억이 나지 않는 건 빨리 네모에게 돌아가야 한다는 생각이 절박했기 때문일 것이다.

진달래밭 대피소까지 뛰어 내려갔다. 이미 주변은 어두워지기 시작했고, 기온도 떨어져 있었다. 한라산은 더 이상 낭만이 아니었다. 컴컴한 어둠이 내려앉은 산을 보니 무섬이 끼쳐 왔다.

네모는 바위에 걸터앉아 나를 기다리고 있었다. 그를 보자마자 안도감과 함께 걱정이 밀려왔다. 발목 통증으로 한 걸음도 겨우 떼는 네모와 함께 하산할 방법이 없었다. 결국 배터리가 얼마 남지 않은 휴대폰으로 구조 요청을 했다.

구조대가 도착했을 무렵, 우리의 얼굴은 추위와 공포로 파리하게 질려 있었다. 구조대원은 대피소까지 라면 등의 식품을 실어 올리는 작은 레일 기차로 우리를 이끌었다. 그리고 한 명이 타면 꽉 차는 칸에 둘이 올라타게 했다. 그러느라 우리 둘은 다리를 밖으로 쭉 내밀고 앉아야 했다. 안전벨트까지 단단히 동여매자 레일 위 짐칸이 움직이기 시작했다. 가파른 산길을 따라 달렸다. 마치 놀이기구를 탄 것 같았다.

한라산을 다녀온 후 네모는 싸이월드 미니홈피에 사진과 함께 도보여행기를 올렸다. 마지막 게시물은 이렇게 끝났다.

도와 달라고 말하는 것까지가 최선이야.

나의 서울살이

누군가의 빈자리에 초조함을 느껴 본 적이 있는지.

졸업을 앞둔 2학년 2학기. 취업에 성공한 동기들은 먼저 강의실을 벗어났다. 출석을 부를 때마다 빈자리가 늘어 있었다. 조바심이 났다. 누구는 TV 프로그램의 보조 작가가 됐고, 누구는 극단 기획팀에 들어갔단다.

"선배, 극작과 졸업하면 어디로 가요?"

"어딜 가긴, 집으로 간다."

이런 우스갯소리가 더 이상 웃기지 않았다. 졸업 후에 나는 무엇이 될까. 어떤 작가가 될 수 있을까. 글을 써서 먹고살 길을 빨리 찾아야 한다는 조급함이 밀려왔다.

　졸업하기 전에 기회가 찾아왔다. 아동극단에서 각색 작가를 구한다는 공고가 떠서 이력서를 넣었는데, 금방 연락이 온 것이다.

　한달음에 극단 대표를 만나러 공연장을 찾았다. 상연 중인 연극은 〈백설 공주〉였다. 놀랍게도 극장에는 낯익은 얼굴들이 있었다. 같은 과 동기 언니는 주인공인 백설 공주 역할을 맡은 모양이었다. 드레스를 입고 분장을 한 채로 나를 맞았다.

　"언니, 연기해요?"

　"연기하면 작가 시켜 준다고 해서. 글 쓰러 왔어, 수미야?"

　고개를 끄덕였다. 언니의 하얀 얼굴과 백설 공주라는 역할이 참 잘 어울렸다.

　아는 얼굴은 또 있었다. 인형 탈을 쓰고 연기하고 있던 연극과 오빠들. 연출 전공의 한 오빠는 따로 나를 극장 밖으로 불러냈다. 한 손에 커다란 인형 탈을 쥐고, 한 손에는 담배를 들고 우리는 이야기를 나눴다.

　"수미야, 여긴 왜 왔어?"

"글 쓰러 왔죠."

"음……. 여기는 아니다."

"네? 왜요? 아직 시작도 안 했는데."

오빠는 한사코 일을 말렸다. 길게 이유를 묻고 싶었지만, 로비를 서성이는 대표의 눈치가 보였다. 대화는 짧게 끝났다. 오빠들은 다음 공연을 준비해야 했다.

그 아동극단에서 각색 일을 맡게 됐다. 각색비가 50만 원이라는 말에 연극과 오빠의 염려가 떠올랐지만, 그래도 시작하고 싶었다.

그날부터 내 일상에 연극 일이 끼어들었다. 극단에서 돌아가며 점심밥을 짓고, 연습을 지켜봤다. 아침에는 도넛 가게에서 알바, 오후에는 극단으로 출근, 밤에는 카페에서 음료를 나르는 생활이었다. 때때로 모 은행에 출근해 홍보 영상을 쓰기도 했다. 글 쓰는 시간보다 그릇을 씻고 사람들을 상대하는 시간이 길었다. 잠을 줄이며 아침 알바와 밤 알바를 이어 갔다. 틈틈이 글을 쓰겠다 다짐했는데, 틈틈이 잠을 자고 있었다.

그런 내가 안타까웠는지, 아니면 미련해 보였는지 은행 영상팀에서 일하며 알게 된 어느 감독은 딸 같아서 하는 말이라며,

아동극 말고 이왕이면 돈 되는 작가 일을 하라고 했다. 그러면서 어떤 모임에 나를 초대했다. 연극계 원로들이 모인 술자리였다. 거기서 소주 잔을 꺾어 마신다고, 먼저 술을 따르지 않는다고 호되게 야단을 들었다. 술자리가 파하고 종각에서 종로 5가까지 걸어가는데 눈물이 났다. 안 들어도 될 말을 들은 것 같았다. 화가 나고 속상한데 말할 데가 없었다. 취한 데다 어두운 밤거리가 낯설었지만, 선뜻 택시를 탈 수 없었다. 매일 저녁 가계부를 쓸 때마다 얼마나 더 아껴 써야 할까 고민하던 시절이었다. 글 고민보다 생계를 꾸리느라 고민이 더 많았다.

서울살이를 언제까지 지속할 수 있을까? 모든 일에 지쳤음을 깨끗이 인정하고 마산으로 돌아가야 할까? 그럴 수는 없었다. 집으로 돌아가면 아동극도, 작가의 꿈도 모두 끝장날 것이었다. 꿈을 이루려면 서울에 발을 붙이고 있어야 한다는 마음은 거의 종교적 신념에 가까웠다. 하지만 굳건한 마음에 금이 가기 시작한 것도 사실이었다.

그 시절 자면서 내가 꾸는 꿈은 이런 거였다. 연극 포스터가 가득한 거리에 내가 서 있다. 어딘가 익숙해서 둘러보면 고향 집 근처다. 종로에 살고 있다고 믿었는데 시골 거리에 서 있는 것이다. 돈 없으면 서울이 아니라 시골에 사는 것과 같다는 깨달음이 꿈에 투영된 것만 같았다.

　가난하니 문화생활을 누리기가 힘들었다. 보고 싶은 연극이나 뮤지컬 티켓은 못해도 3만 원은 했다. 쪼들리는 생활에 쉽게 예매할 수가 없었다. 공연 포스터에서 누가 출연하고, 누가 썼고, 누가 연출하는지를 살펴보며 어떤 내용일까 상상하는 것이 가장 자주 누리는 문화생활이었다. 이럴 거면 대학로에 사는 게 무슨 의미가 있나.

　빡빡한 생활에도 돈을 모아서 보고 싶었던 뮤지컬과 연극을 보러 갈 때도 있었다. 무대에 서 있는 배우들을 보면서 힘차게 박수를 보내고 고시텔로 돌아오는 길에는 마음이 벅차서 쉽게 잠이 들지 못했다.

　종로 5가까지 빠르게 걸어갔다. 아무리 가로등이 켜져 있어도 자정이 넘은 거리는 혼자 걷기에 두려움이 밀려오는 곳이었다. 낮이면 할아버지들로 가득한 탑골공원에도 인적이 드물었다. 그때 하필 아빠에게 전화가 왔다. 아빠는 늘 절묘한 타이밍에 전화를 했다.

　"뭐하노."

　"집에 가요."

그날따라 돌아갈 집이 고시텔이라는 사실이 유난히 서러웠다. 고시텔은 한창 공사중이었다. 먼지 자욱한 복도를 지나 서늘한 방에 들어가기가 참 싫었다. 오늘만큼은 따뜻한 환대를 받으며 자고 싶었다. 아빠와 몇 마디만 주고받았을 뿐인데 우는 것을 들키고 말았다. 아빠는 아무것도 묻지 않고 일곱 글자로 심경을 전했다.

"고마 집으로 온나."

자꾸만 눈물이 났다. 서울에서 얼마나 더 버틸 수 있을까. 작가라는 꿈을 이루는 건 둘째요, 혼자 생활을 감당하기에도 점점 자신이 없어졌다. 언제든지 돌아갈 수 있는 따뜻하고 안전한 방이 있다면, 글쓰기에 집중할 수 있도록 알바를 하나만 할 수 있다면 그래도 버틸 만할 텐데.

아동극단에서 각색을 맡은 작품은 석 달 동안 각각 다른 공연장에서 상연됐다. 연습을 함께하면 돈을 더 주겠다는 대표는 달랑 50만 원만 입금했다. 울며 따진 결과, 10만 원을 더 받을 수 있었다. 포스터에는 각색 작가의 이름이 생략된 채, 연출가의 이름만 올라가 있었다.

(3장)

10년은 해 봐야 안다

그놈의 서울

"야 이 XX년아."

친구는 줄담배를 피워 가며 나에게 욕을 했다. 세상에 태어나 가장 많이 욕을 들은 날로 기억한다. 강남역에서 1인분에 만오천 원씩 하는 두부정식을 배불리 먹어 놓고 분위기 좋은 카페에 들어가서는 욕을 들어 먹을 이유란 무엇인가.

고해성사하듯 친구에게 이런 이야기를 고백했었다.

목에 생긴 멍울을 2년 동안 방치한 엄마는 큰 병원에서 조직검사를 받아 보라는 권유를 받았다. 조직검사를 받기 전부터 엄마는 걱정이 많았다. 식당 일을 하며 한 달에 두 번 쉬는 게 다인 엄마에게 병원 가기란 큰 결심을 품어야만 가능한 일이었기 때문이다. 게다가 조직검사 결과가 나쁘게 나오면 오래 쉴 각오를 해야 했다. 치료보다 생계가 더 중요했다.

조직검사로 밝혀진 엄마의 병명은 갑상선암 3기였다. 수술과 치료가 시급했고, 곁에 병간호할 사람이 필요했다. 동생은 군대에 있었고, 할머니는 10년째 누워 지내고 있었다. 이제 연극 한 편 무대에 올린 작가지망생은 기회의 땅을 벗어나고 싶어 하지 않았다.

친구는 담배꽁초를 재떨이 바닥에 꾹 누르며 말했다.

"당장 마산 가."

속에서 뭔가 터진 사람처럼 엉엉 울었다. 친구가 한 말은 가장 듣기 싫은 말이자 듣고 싶었던 말이었다. 거친 말투이긴 했지만, 단정 지어 말하는 친구가 고마웠다. 혼자 결정하기 무서운 문제였으니까.

카페에서 속 시원하게 울고 나와 고시텔로 돌아왔다. 비로소 결심이 섰다. 그래, 꿈이고 뭐고 급한 건 엄마의 수술이었다. 고시텔의 짐을 라면박스 두 개에 모두 담아 마산 집으로 부쳤다.

자신을 돌보지 않았던 시간만큼 엄마의 몸에는 암세포가 퍼져 있었다. 두세 시간이면 끝난다는 수술이 다섯 시간이 지나도 끝나지 않았다. 대기실에 앉아 있는 아빠의 모습이 꼭 벌을 받는 학생 같았다. 입술이 말라비틀어진 아빠는 의자에 가만히 앉아 있지를 못했다. 초조하게 시계만 쳐다보며 앉았다 일어서기를 반복했다.

수술은 다섯 시간 반 만에 끝났다. 수술실 문이 열리고 하얀 천을 덮은 채 누워 있는 엄마가 간이침대에 실려 나왔다. 아직 마취가 덜 풀려 눈을 똑바로 뜨지 못하는 엄마의 얼굴. 눈가에는 눈물 자국이 말라 있었다. 마취를 하기 전 운 걸까, 아니면 자신도 모르게 운 걸까.

언젠가 외할머니와 나눈 대화가 떠올랐다.

"수미야."

"네."

"순자가 너에게는 엄마지만, 나에게는 딸이다, 소중한 딸."

그 말을 듣고 머리가 띵했었다. 엄마는 평생 내게 엄마일 뿐이었으니까.

병원에 있는 동안 나는 엄마의 보호자가 됐다. 한 달여 동안의 입원 기간. 아이러니하게도 우리는 그때 인생에서 가장 편안한 시간을 보냈다. 많이 아파야만 마음 편히 휴식할 수 있는 보통 사람의 아이러니. 서글프기도 했지만, 그 시간을 우리는 충분히 누렸다.

병원은 잠 많은 모녀에게 알맞은 공간이었다. 먹고 자고, 먹고 또 자도 아무런 일이 벌어지지 않는 세계. 우리는 마치 그동안 밀린 잠을 자는 것 같았다.

어느 날은 맞은편 병상에 입원한 아주머니가 말했다.

"우째 그렇게 잠이 옵니까? 나는 잠이 안 와 죽겠는데. 모녀가 똑같이 낮에도 자고, 밤에도 또 잘 자고. 참 부럽습니다."

우리는 멋쩍게 웃었다. 식당 일을 하며 제대로 못 쉬었던 엄마와 하루 서너 개의 알바를 뛰면서 늘 잠이 모자랐던 나에게 인생이 준 얄궂은 선물 같았다. 읽으려고 야심만만하게 가져온 책들은 모두 가방에 밀어 넣고 틈날 때마다 곤하게 잠을 잤다.

침대 아래 비치된 간이침대에서 자겠다는 걸, 엄마는 굳이 비좁은 침대에서 함께 자자고 했다. 둘이 누우면 적당히 꽉 차는 침대. 그 침대에서 서로의 체온을 느끼면서 편안하게 잠들었다.

퇴원하기 전날, 엄마는 병원에서 나가면 핫팬츠와 비키니를 입을 거라고 말했다. 죽다 살아난 사람이 가장 먼저 하고 싶은 일이 평생 못 입어 본 과감한 옷 입기라니, 웃음이 났지만 뭉클했다.

"엄마 마음껏 입어."

남의 눈치 보지 말고 엄마가 하고 싶을 것을 하고, 입고 싶은 것을 입었으면 했다.

엄마가 비키니라는 꿈을 꾸고 퇴원할 때, 나는 다시 서울을 꿈꿨다. 그놈의 서울이 뭐기에. 작가가 되기 위해선 돈 벌어서 서울에 가야겠다고만 생각했다. 하지만 이제는 알고 있었다. 서울에 간다고 다 작가가 되는 게 아니라는 걸. 작가의 필수 조건은 재능도, 끈기도 아닌 방이라는 걸. 적어도 서울 외곽의 월세방 보증금 정도는 모아야 했다. 마산에서 돈 벌 수 있는 일을 찾기 시작했다.

강해져라, 이년아

가끔 속을 비우듯이 혼자 울곤 한다. 그날도 아침에 일어나 울고 나니 허기가 졌다. 다행히 냉장고에 엄마가 끓여 놓고 간 자작한 된장찌개가 있었다. 끝없는 자기 연민과 자조가 한순간에 식욕과 설렘으로 바뀌는 게 우습지만, 밥솥에서 따뜻한 밥을 푸고 플라스틱 반찬통에 담긴 된장과 비닐봉지를 씌운 머위 쌈을 꺼내 식탁에 앉는다. 머위 쌈을 펼쳐서 밥 한 숟가락과 자작한 된장찌개 반 숟가락을 떠서 얹어 먹으니 금세 입안 가득 만족감이 차오른다. 눈물이 언제 말랐는지도 모를 일이다.

주기적으로 찾아오는 죽고 싶다는 열망. 삶에 대한 열망뿐만 아니라 죽음에 대한 열망도 존중받아야 하지 않을까. 매콤하고 짭짤한 된장찌개를 먹으며 생각했다. '아직은 아니군.'

끝까지 생각하는 버릇이 있다. 무엇을 해도 최악의 결과를 생각한다. 누군가에게 살해당하거나, 복수나 배신을 당하는 꿈도 꾼다. 자기 연민에 빠지면 인간은 이렇게 나약해진다. 나약한 것이 권리인 것처럼 세상을 빈정거린다.

엄마와 함께 살 때는 혼자 울 수 있는 방이 없어서 욕실에 들어가 울었다. 그 시절엔 대체로 외로움 때문에 울었다. 산다는 게 외롭다고 생각했다. 억지로 눈물을 짜내듯 울고 나면 속을 다 비워낸 것마냥 속이 좀 시원해졌다.

한번은 밖에서 엄마가 욕실 문을 두드렸다.

"우나?"

"아니."

급하게 쪽팔림이 찾아왔다.

"왜 우는데?"

"아무것도 아니다."

차마 외로워서 그렇다고 말할 수가 없었다. 인간은 누구나 외롭고, 그러니까 외로운 건 아무것도 아닐 수 있었으니까. 적어도 외로움이란 단어를 온종일 손님들에게 음식을 서빙하다가 온 엄마에게 말할 수 없었다. 다행히 엄마는 더 묻질 않았다.

문 하나를 사이에 두고 엄마와 나는 가만히 있었다. 엄마의 모습이 보이지 않는 욕실 안에서, 더 이상 아무 말도 하지 않는 엄마의 눈치를 살폈다. 한동안 정적만 흐르자, 엄마가 무슨 생각을 하고 있는지 궁금해지기 시작했다.

"강하게 살아라, 이년아."

엄마가 먼저 단단하게 말했다. 그 말에 정신이 번쩍 들었다. 수렁 같은 감정에서 훅 하고 빠져나왔다. 그리고 이어지는 말은 좀 당혹스러웠다.

"나는 네가 글을 써서 좋다."

갑자기 찾아온 고백 타임이었다. 엄마는 나에게 지금이라도 늦지 않았으니 공무원 시험을 치거나, 그냥 회사에 들어가는 게 어떠냐고 속마음을 털어놓고는 했다. 노동량에 비해 턱없이 적은 원고료가 이유였다. 왜인지 모르겠지만 엄마는 딸이 운 이유를 그쪽 방향으로 잡은 듯했다.

엄마의 말을 듣고 어느새 슬며시 입가에 웃음이 번졌다. 엄마는 명랑한 사람이지만 한 번도 "사랑해"라든가 "좋아해"라는 말을 한 적이 없었다. "딸이 있어서 좋구나" 정도의 표현이 최선인 사람이었다. 그런 사람이 네가 글을 써서 좋다니. 그건 인생 최대치의 표현에 해당했다.

엄마가 어디까지 가나 더 듣고 싶었지만 그 정도에서 문밖으로 나왔다. 두 문장을 들은 것으로 충분했기 때문이다. '강하게 살아라, 이년아'와 '네가 글을 써서 좋다'는 마치 전혀 다른 사람이 한 듯한 말이었지만 평생 살면서 까먹지 않을 말이라는 예감이 들었다.

식당에서 하루 열네 시간을 일했던 엄마는 집에 오면 늦은 저녁을 차려 먹었다. 주로 고기를 구워 먹었다. 친구들은 매일 밤 10시 넘어 고기를 구워 먹는 집은 너희 집밖에 없을 거라고 혀를 내둘렀다. 그 시간에 먹는 음식이 몸에 나쁠진 몰라도, 그 시간이 정말 음식이 맛있는 시간이라는 걸 친구들은 몰랐으리라. 고기 굽기가 귀찮을 때는 양푼에 밥을 푸고 된장찌개와 상추를 잘라 넣어 숟가락 여러 개를 꽂아 방으로 와서 다 같이 비벼 먹었다. 엄마는 다 먹고 나면 이렇게 말했다.

"아이고, 이제 살 것 같다."

머위 쌈을 배불리 먹고 된장찌개가 담긴 반찬통을 냉장고에 집어넣으며 '아직 엄마의 된장찌개가 냉장고에 남아 있다'는 사실에 든든함을 느꼈다. 양파를 많이 넣고 자작하게 끓이는 게 비법의 전부라고 하는데 왜 엄마의 된장찌개는 특별히 맛있을까. 따뜻한 밥에 된장찌개를 한 술 떠서 쓱쓱 비벼 김치와 함께 먹으면 허기는 물론, 잡념도 금방 사라진다. 아주 맵고 짜기 때문이다. 지금 당장 내 인생에 필요한 건, 물이라는 담백한 사실밖에 남지 않는다.

강하게 사는 법은 여전히 잘 모르겠지만 된장찌개를 먹으면 좀 살 것 같다.

마산의 셰익스피어

구직 사이트를 매일같이 드나들다가 휴대폰 공장 생산직 채용 공고를 보게 됐다. 3교대라 그런지 다른 일보다 월급도 셌다. 한 달에 300만 원은 넘게 벌 수 있다는 말에 덜컥 이력서를 넣고 전화가 오기를 기다렸다. 얼른 돈을 벌어서 서울로 돌아가야 한다는 생각뿐이었다.

면접을 보는 날에는 정갈한 스커트와 블라우스를 입고 나갔다. 긴 탁상 맞은편 소파에 앉은 면접관은 이력서를 넘기며 말했다.

"수미 씨는 이력이 좀 특이하네요. 왜 공장에 취업하려고 합니까?"

"돈 많이 벌고 싶어서요."

"시력은 좋아요?"

"렌즈와 안경 착용해요."

"시력이 좋아야 해요, 이 일은."

시력이 좋지 않아서 떨어질 수도 있겠다는 생각을 했다. 면접관은 생각에 빠진 표정으로 이력서를 한 번 더 훑어보더니 말했다.

"모레부터 출근하세요."

출근하라는 말이 아주 기쁘지가 않은 건 왜일까. 집으로 돌아와 구직 사이트에 다시 들어가 봤다. 새로운 채용공고를 확인하는 일은 그 시절의 버릇이었다. '마산MBC 산행 리포터 모집 공고'가 새롭게 떠 있었다. 그날로, 다시 새 이력서를 넣었다. 어쨌든 방송국에 들어가기만 한다면, 내가 할 수 있는 일이 있을 것 같았다.

다음 날 오후에 모르는 번호로 전화가 왔다. 방송국이었다. 1차 서류 합격했으니 면접을 보러 오라는 내용이었다. 붙을지 떨어질지 확신할 수 없는 상황임에도 무슨 배짱인지 공장 일을 무르기로 했다.

면접은 편집실에서 이뤄졌다. 편집기로 화면을 돌려 보는 중년의 남자가 인사를 건넸다. '용 피디'라 불리는 사람이었다. 용 피디는 자기소개서를 흥미롭게 봤다며 리포터도 구하지만 마침 스크립터 자리가 비었다고 했다. '마침'이라는 타이밍이 반가웠다. 그렇게 마산MBC(현재의 MBC경남)의 TV 프로그램인 〈얍 활력천국〉의 스크립터가 됐다.

〈얍 활력천국〉은 경남의 마을 곳곳을 돌아다니며 잔치를 벌이고 마을 뉴스를 전하는 교양예능 프로그램이었다. 스크립터가 하는 일은 다양했다. 영상 프리뷰부터 소품 정리, 촬영지 섭외, 현장 진행까지. 한 달 동안 스크립터 일을 하며 방송의 감을 익혔다. 그러다 덜컥 구성작가 일도 맡게 됐다.

용 피디는 나를 '장차 마산의 셰익스피어가 될 사람'이라고 소개하고 다녔다. 황당한 소개였지만, 이상한 힘이 있었다. 내 안에 나도 모르는 먼지 같은 셰익스피어가 살고 있을지도 모른다는 작은 확신이 생겼으니까.

구성작가 생활은 고등학생 시절 꿈의 장면을 구체적으로 묘사해 보라는 항목에 쓴 어느 장면의 실현이었다.

S#1

– 밤 새워 쓴 원고를 감독에게 팩스로 전송한다.

– 의자에서 일어나 기지개를 켜며 흐뭇하게 웃는다.

10대의 나는 작가들은 다 밤 새워서 글 쓰는 줄 알았다. 그게 '간지'인 줄 알았다. 어쨌든 꿈꾸던 장면처럼 누군가에게 원고를 전송하는 일을 하게 됐다. 물론 팩스가 아닌 이메일로.

원고가 방송이 되기 위해서는 수정이 필요할 때가 많았다. 용 피디는 까다로운 사람이었다. 늘 영어 원서를 옆구리에 끼고 다니면서 지적 허영을 뽐냈다. 웬만하면 남의 글을 성에 차지 않아 하는 바람에 작가들 사이에서 '버겁이'로 통했다.

하루는 용 피디가 원고를 잡고 맞춤법부터 하나하나 지적하기 시작하는데, 너무 신경질 나고 쪽팔려서 눈물이 다 났다. 근데 오히려 용 피디가 이러는 것이다.

"상처받았니? 나는 네가 쓴 원고에 더 상처받았다."

사람을 울려 놓고 오히려 자신이 상처받았다고 우기다니, 적반하장도 유분수지. 눈을 흘기며 울었다. 그래도 나는 그 사람 덕에 마산에서 계속 일을 했다. 종로의 고시텔에서 살 때보다 훨씬 많은 경험을, 더 많은 글을 쓸 수 있었다. 나를 '장차 마산의 셰익스피어'라고 불러 주는 사람은 세상에 용 피디밖에 없었으므로.

　대개 방송작가는 비정규직이다. 아무리 잘 만들어 놓은 프로그램이라도 방송이 제때 송출되지 않으면 원고료를 받을 수가 없었다. 회의비가 따로 책정되지 않던 때였다. 주 6일, 7일 일하는 게 예사였지만, 한 달에 100만 원 벌기가 어려웠다. 올림픽 기간과 맞물리기라도 하면 3주씩 프로그램이 결방되는 비운을 겪기도 했다. 보험료가 연체되는 건 예사요, 적금은 언제 깰지 몰라 넣지도 못했다. 한 주 벌어 2주를 메우는 기분으로 살았다. 그럴 때마다 '이놈의 방송 때려치운다' 싶다가도 '배운 게 도둑질'이라며 다시 방송 일을 맡기 일쑤였다. 결정적으로 마산에서 글로 돈 벌 수 있는 곳은 방송국이 거의 유일했다.

　물론 방송작가로 누리는 기쁨도 많았다. 자칭 '지리산 도사'라는 개성 넘치는 사람도 만나고, 관계자외 출입금지인 태릉선수촌에도 들어가 봤으며, 트로트 가수 현철 아저씨도 가까이에서 봤다. 세상에 유명하고 특이하다고 알려진 사람과 사건을 가까이에서 목격할 수 있었다. 하지만 일주일에 한 번, 50분 방송을 위해 쭉쭉 짜내듯이 방송 아이디어를 내고 원고를 쓰다 보면 딱 진이 빠졌다. 방송 대본 쓰기는 글을 쓴다기보다 구성을 만드는 일에 가까웠기 때문에 늘 글에 대한 갈증이 있었다. 쓰고 싶은 글을 쓰고 있다는 생각이 잘 들지 않았다.

그 시기엔 아이러니하게 방송국 바깥의 일들을 하면 충전이 되는 기분이 들었다. 가끔씩 영어학원이나 영재교육학원에서 일하며, 도서관이나 학교에서 글쓰기 교실을 열며 활력을 찾았다. '장차 마산의 셰익스피어'는 스스로 글 같은 글을 쓰지 못해 여기저기 기웃거리고 있었다.

1억 모으기가 꿈인 사람

"둘이 남매지예? 보니까 딱 알겠네."

동생과 함께 택시를 탔는데, 기사님이 룸미러로 뒷좌석을 흘
깃 보더니 웃으며 말했다. 우리는 동시에 기함했다.

"저희요? 닮았어요? 하나도 안 닮았는데요?"

누가 더 기분이 나쁠 일인지는 모르겠으나 우리는 둘 다 서
로 닮지 않았다고 주장했다. 따지고 보면 두툼한 눈 밑 살이 꽤
닮은 편이지만 그걸 제외하고 동생과 나는 얼굴부터 성격까지

닮은 구석을 찾기 힘든 게 사실이었다.

동생은 외향적이며 타고난 위트가 있다. 나는 웃기고자 하는 열망은 강하지만 지극히 내향적인 사람이다. 동생이 직접적으로 사람 웃기는 데 희열을 느낀다면, 나는 글로 표현하는 데 기쁨을 느낀다. 자신이 어떤 사람인지 아는 일은 중요했다. '진실한 마음으로 분수에 맞게 살자'가 가훈인 집에서는 특히.

동생은 집안형편은 헤아렸지만, 자신은 제대로 파악하지 못했다. 아빠의 강요에 가까운 권유로 입학한 함정특수장비학과는 언변 좋은 동생의 개성도, 능력도 살릴 수 없는 과였다. 동생은 1학기 만에 대학을 그만뒀다.

군 제대 이후 동생은 못다 한 학업보다는 목돈에 관심을 보였다. 군기가 덜 빠진 몸으로 건설 현장에 나가 돈을 벌어 왔다. 그리고 엄마와 나에게 메이커 지갑을 하나씩 사 줬다. 덕분에 20~30만 원 하는 지갑을 처음 가져 보게 됐다. 금색 MCM 반지갑이었다.

동생은 원대한 목표를 세웠다. 최대한 빨리 1억을 모으겠다는 목표였다. '1억의 꿈'을 품게 된 계기는 군에서 휴가 나와 들른 집이라고 했다. 방에 누워 있는 할머니, 우리의 판임 씨를 보면서 눈물이 났다고. 그 눈물이 꿈에 어떻게 작용했는지는 몰라도, 동생은 돌아서서 '1억의 꿈'을 꾸게 된 것이다. 어려운 집안을 일으켜 세워야 한다고 생각했을까. 그때부터 동생은 까만 반지갑에 쪽지 하나를 넣어 다녔다. 네모 반듯하게 접힌 쪽지를 펴면 다섯 글자가 적혀 있었다.

> 1억 모으기

엄마가 항암치료를 받으며 일을 하고, 아빠는 용접 일을 하고 있던 때였다.

동생은 1억을 모으기 위해 계획이란 걸 세웠다. 그 첫 단계는 아빠의 낡은 1톤 트럭으로 과일 행상을 하는 것이었다. 새벽 농산물 도매시장을 찾아가 경매에서 낙찰받는 법을 배우고, 장사할 장소를 물색했다. 그런데 그 시기에 아빠의 음주 사고로 유일한 자산인 트럭마저 처분하게 된 것이다. 이후 동생은 신발 가게 판매직을 시작으로 닥치는 대로 일을 했다. 그럼에도 1억은 모으기 정말 쉽지 않은 돈이었다.

마지막으로 동생은 보험 영업 교육장으로 향했다. 또래보다 돈을 많이 벌 수 있다는 말에 솔깃했을 것이다. 며칠 동안 교육을 받고 돌아온 동생은 당장 정장, 구두, 서류가방이 필요하다고 말했다.

합성동 지하상가에 갔다. 20대 초반의 동생에게는 정장도, 구두도 어색했다. 보험을 판매하기에 너무 어려 보이는 것 같기도 했다. 동생은 일단 고객 응대 말투를 고쳤다. 끝에 무조건 '예' 자를 붙이는 게 연륜이 있어 보인다고 판단한 것이다. '아닙니다' 대신 '아닌데예.' '맞습니다' 대신 '맞습니더예.' 모든 말 끝에 '예' 자 붙이기는 서른이 넘어서도 계속됐다.

일하는 동생을 멀찌감치 떨어져서 지켜본 적이 있다. 친구와 시내 피자헛에 앉아서 피자 한 판을 해치우고 여유롭게 수다를 떨고 있는데, 친구가 유리창을 가리키며 말했다.

"저기, 니 동생 아니가?"

번화가 한복판에 정장 입은 앳된 남자가 요구르트가 든 봉지를 들고 사람들에게 뭔가를 나눠 주고 있었다. 정말 동생이었다. 사람들이 오가는 시내에 그냥 서 있는 것도 쑥스러운데 뭘 주기까지 하다니. 당장 전화를 했다.

"야, 거기 서서 뭐 하는데?"

"누나 어딘데?"

"나 피자헛. 여기서 니 보인다. 밥 먹었나?"

"아니."

동생이 피자헛 문을 열고 들어왔다.

이미 피자는 다 먹었고 남은 것은 무한 리필 샐러드밖에 없었다. "더 시킬게, 뭐 먹을래?" 하고 묻자 동생은 한사코 고개를 저었다. "샐러드나 좀 먹지 뭐." "아니야, 파스타 시킬까?" "아니." 동생은 거절만 할 줄 아는 사람처럼 진짜 됐다고만 했다. 내가 따뜻한 피자 먹으며 친구와 수다 떠는 동안, 모르는 사람들에게 요구르트와 명함을 돌리고 있었을 동생을 생각하니 마음 한구석이 짠했지만, 동정은 아무런 힘이 되지 않는다는 것을 알았다. 애꿎은 샐러드만 권했다. 훗날 동생은 그때 먹은 초록색 푸딩이 참 맛이 없었다고 말했다.

달콤하고 시원한 요구르트는 딱 봐도 경력이 없어 보이는 초짜 영업사원이 사람들에게 명함을 건네줄 유일한 명분이었다. 동생은 오랫동안 요구르트를 샀다. 나로서는 모르는 사람에게 미래의 불안을 담보로 상품을 판다는 게 막연하게만 느껴졌다. 동생이 이 일을 얼마나 할 수 있을까 싶었다.

이제 동생은 더 이상 요구르트를 돌리지 않는다. 얼마 전엔 신문에 얼굴 사진과 함께 인터뷰가 실렸다. 최연소 '블루리본 상'을 받았다는 내용이었다. '블루리본 상'은 5년 연속 우수인증을 받은 설계사들 중 계약 유지 고객이 많고 계약 건수가 높은 설계사에게 주는 상이라고 했다. 그날 기사의 제목은 '고객의 전화를 잘 받는 상담원이 되겠습니다'였다.

동생이 가족 채팅방에 공유한 기사를 바로 확인한 사람은 아빠와 나였다. 여전히 사라지지 않는 숫자 1의 주인공, 식당에서 분주하게 일하고 있을 엄마에게 바로 전화를 걸었다.

"엄마! 개코(동생의 애칭) 신문에 나왔다."

"어디?"

"○○일보. 작가 누나보다 먼저 인터뷰 실림."

"대박. 뭐라 적혔노?"

"고객의 전화를 잘 받는 상담원이 되겠대."

"썅. 우리 전화는 안 받고."

깔깔 웃으며 전화를 끊었다. 우리는 '부재중 전화'에 관대한 고객님이었다.

동생의 지갑에 이제 '1억 모으기' 쪽지는 없다. 지갑을 바꾸면서 잃어버렸기 때문이다. 한번은 궁금해서 물어봤다.

"그래서 1억은 모았나?"

동생은 허탈하게 웃으며 말했다.

"모았다가 날렸어."

주식이었을까? 친구들과 함께한 사업 때문이었을까? 보험금을 내지 못해 몇 번 계약을 해지했던 나도 어쨌든 동생이 날린 그 돈에 손톱만 한 일조를 한 것이 분명하다.

편의점 사인회

사인을 받고 싶다는 충동을 처음으로 느낀 건 초등학생 때다. 학교 대표로 사생대회에 나가 부상으로 공연 초대권을 받았는데, 군 규모의 학예회 같은 그런 공연이었다. 각 학교를 대표하는 합창단, 동아리 등이 나와서 공연을 펼쳤다. 그때 초대가수로 〈맨발의 청춘〉이란 히트곡을 남긴 듀오 '벅'이 나왔다. 벅을 좋아했던 것도 아닌데, 공연을 보다가 속에서 열기가 확 치솟았다. 그건 합창과 사물놀이가 줄 수 없는 흥분이었다. '간다 와다다다다다!' 하는 가사를 따라 부르며 나는 어느새 자리에서 일어나 손을 흔들고 환호성을 지르고 있었다.

의령이라는 작은 군에서 연예인을 볼 확률은 희박했다. 나는 좀 더 오래 벅을 보고 싶었다. 옆자리에 앉은 친구와 나는 벅의 무대가 끝나면 뛰쳐나가서 사인을 받기로 했다. 용감한 몇몇은 이미 비상구를 통해 나가고 있었다. 우리도 재빨리 일어나서 주차장으로 달렸다.

아무리 걸음이 빨라도 까만 정장을 입은 경호원들의 날렵함을 이길 수 없었다. 선글라스를 쓴 경호원은 '앞으로 앞으로' 뛰쳐나오는 아이들을 막아서며 "뒤로, 뒤로"를 외쳤다. 우리는 밴에 올라타는 벅을 안타까운 얼굴로 바라만 봤다. 사인을 받을까 싶어서 일단 가방을 들쳐 메고 나오기까지 했는데 막아서는 경호원이 원망스러웠다. 선팅이 강하게 된 밴은 유유히 주차장을 빠져나갔고 아이들은 "아⋯⋯" 하고 다 같이 깊은 한숨을 쉬었다.

그때, 우리를 보고 있던 한 경호원이 벅을 더 보고 싶으냐고 물었다. 그러더니 방법이 있다고 하면서, 이렇게 말했다.

"너희가 열심히 공부해서 벅보다 유명한 사람이 되는 거야. 그래서 반대로 벅에게 사인을 해 주는 거지."

"에이, 어떻게 벅보다 유명해져요."

우리는 야유하며 돌아섰다. 다시는 벅을 볼 수 없다는 걸 친구도 나도 알았다.

시시하게 멀어져 버린 벅을 뒤로하고 집으로 돌아온 그날. 경호원의 말이 계속 생각났다. 만약을 대비해 '나도 사인 한번 만들어 볼까' 싶은 마음이 들었다.

빈 종이에 성인 '김'에 동그라미를 하는 가장 무난한 형태부터 영어로 'SUMI'라고 쓰는 것까지 되는 대로 그려 봤다. 휘갈겨 쓰는 게 멋진 것 같아서 일부러 빠르게 써 보기도 했다. 간혹 멋진 형태가 나오기도 했지만, 다시 쓰면 아주 다른 모양의 사인처럼 보였다. 결국 사인 만들기는 포기했다. 어차피 초등학생이 사인할 일은 없었으니까.

지금 나의 사인은 고등학교 때 만든 것이다. 정확히 말하면 고등학교 때 만난 남자친구의 작품이다. '수미수미수미'를 빠르게 발음하다 보면 '쑴'이 된다고 억지를 부리며 그는 나를 '쑴'이란 별명으로 불렀다. 같은 만화 동아리 선배였는데, 수업 시간에 내 이름을 자꾸 쓰다 보니 곰돌이가 만들어졌다고 수줍게 말했다. 과연 'ㅆ'이 뾰족한 귀가 되고 'ㅜ'이 코와 인중, 'ㅁ'이 입이 됐으며, 거기에 동그란 얼굴형을 그려 넣고 점을 콕콕

두 개 찍어 눈을 완성했더니 정말 통통한 곰돌이 얼굴이 됐다. '쑴'을 계속 쓰면서 남자친구가 무슨 생각을 했을까 떠올리니 웃음이 났다. '쑴'으로 만들어진 곰돌이가 마음에 쏙 들었다. 너무 좋다고, 너무 마음에 든다고, '너무'라는 부사를 너무하게 써가며 마음을 표현했다. 그리고 선언했다. 앞으로 내 사인으로 사용하겠다고. 그게 서른 넘어서까지 유효할 줄은 몰랐지.

곰돌이 사인의 시작은 사적이었으나, 끝은 공적이었다. 나는 멋진 사인을 자주 활용했다. 친구에게 편지를 쓸 때도, 새 다이어리에 이름을 적을 때도, 커서는 통장이나 카드에 사인할 때도, 이 책의 출판권 계약을 할 때도 곰돌이 사인을 했다. 내 사인은 사람들을 최소 한 번은 웃게 만든다는 점에서 굉장한 메리트가 있었다.

수도 없이 사인을 했지만 특별히 기억에 남는 사인이 있다.

내가 방송작가로 일하던 시절, 아빠는 밤에 편의점 야외 테이블에 앉아 컵라면과 맥주 한 캔 하기를 즐겼다. 그런 아빠에게 말동무가 생기기도 했는데, 그중 한 사람이 자주 가는 통술집의 최민수 닮은 아저씨였다. 한번은 거나하게 취한 아빠가 집에 있는 나에게 전화를 해 파전 하나를 구워 오라 지시했다.

안주를 중요하게 생각하는 아빠다웠다.

냉장고에서 아빠가 해 둔 반죽을 꺼내 기름을 둘러 파전 한 판을 구웠다. 편의점 앞으로 나갔더니 통술집 아저씨와 아빠가 벌게진 얼굴로 술을 마시고 있었다. 아저씨가 내가 작가라는 사실까지 알고 있는 걸 보니 서로 많은 이야기를 나눈 것 같았다.

"파전을 구워 오는 작가 딸이라니. 세상에, 이런 딸이 다 있습니까."

나를 보고 아저씨가 말했다. 뭔가 좀 감동하신 눈치였다. 술이 과하셨나. 이내 아저씨는 진지한 얼굴로 점퍼에서 펜을 꺼냈다.

"김 작가, 사인 하나 해 주세요."

장난인 줄 알았는데, 아저씨는 작은 수첩에서 찢은 종이를 앞으로 건넸다. 진짜 사인을 해 드려야 하나, 말아야 하나 망설여졌다. 당장 낸 책도 없고, 알려질 일도 없는 지역방송국 작가에게 사인을 부탁한 사람은 아저씨가 처음이었다. 나는 우물쭈물하며 곰돌이를 닮은 사인을 해 드렸다.

"성함이 어떻게 되세요?"

"김상구."

"네, 김상구 님…….."

'TO. 김상구 님'까지 쓰고 '행복하세요'라는 문장도 하나 덧붙였다. 아저씨는 사인이 담긴 종이를 소중하게 지갑에 넣으며 말했다.

"김 작가가 내가 아는 유일한 작갑니다."

아빠는 허, 하고 웃으며 그 모습을 자랑스럽게 바라봤지만 나는 쪽팔려서 후다닥 집으로 들어갔다.

그 말이 취객의 허튼소리는 아니었다.

계절이 바뀌고 편의점 일을 까맣게 잊은 채 통술집을 찾았다. 아저씨가 내가 앉은 테이블로 성큼 다가오더니 지갑 속에서 종이 한 장을 꺼내 보여 줬다.

"봐요. 사인 안 버렸죠. 항상 김 작가 사인 들고 다닙니다. 나중에 김 작가 잘되면 주위에 자랑할 거예요."

아저씨의 말대로 곰돌이 사인은 건재했다.

애석하게도 그로부터 수년이 흐른 지금까지 아저씨가 사람들에게 자랑할 만큼 유명한 작가가 되지 못했지만, 어쩌면 앞으로도 그럴 일은 희박할 것 같지만, 뭔가 좀 그럴듯한 계기가 생긴다면 최민수 닮은 아저씨를 다시 만나 제대로 된, 아주 큰 곰돌이 사인을 해 드리고 싶다. 그때는 '행복하세요' 대신 '고맙습니다'라고 써 드릴 것이다.

대필의 역사

대필 작가. 고스트라이터ghostwriter라고도 불린다. 글을 쓴다고 선언한 중학생 이후로, 타인들에게 끝없는 대필 의뢰를 받았다.

엄마는 몇 년 동안 지인들에게 보낼 명절 문자메시지를 대신 써 달라고 요청했다. 몇 줄의 안부 인사 적는 일을 거절하기가 그랬다. 나는 다정하지도 않았지만 매정하지도 못한 딸이었다. 부탁을 귀찮아하면서도 A4용지에 메시지 후보를 다섯 개 이상씩 적어서 엄마에게 건넸다. 예를 들면,

1. 좋은 사람들과 함께하고 계신가요? 밤하늘에 휘영청 떠오른 달처럼 풍성한 한가위 되세요.

2. 연휴입니다. 맛있는 음식 드시며 행복한 명절 보내시기를 바랍니다.

3. 민족의 대명절 한가위입니다. 따뜻한 정을 나누는 날 되세요.

4. 가족과 함께 사랑을 나누는 명절 되길 빕니다.

5. 반가운 사람을 많이 만날 수 있는 추석입니다. 행복 가득~ 웃음꽃 피는 명절 되길 바랍니다.

평범하고 전형적인 명절 인사였다. 엄마는 신중하고 꼼꼼히 종이를 훑어봤다. 그럴 때마다 초조하게 부장님의 결재를 기다리는 사원의 기분이 들곤 했다.

엄마는 꽤 까다로운 고객이었다. 부디 마음에 드는 게 없으니 다시 써 오라는 대답이 돌아오지 않길 바랐다. 엄마는 한 번에 명절 메시지를 오케이한 적이 없었다. 엄마의 수정 요구는 이런 식이었다. "1번과 3번을 합쳐 봐라" 또는 "4번을 좀 더 길게 써 봐라."

몇 년째 명절 메시지를 보내는 일은 내 의무가 됐다. 한번은 이만하면 엄마가 스스로 메시지를 쓸 때가 아닌가 싶어 "이제 엄마가 알아서 써" 퇴짜를 놓았더니 날벼락 같은 호통이 돌아왔다.

"아니, 내가 니한테 돈을 달라고 했나 뭘 달라고 했나. 니 머릿속에 있는 것 좀 뽑아 먹겠다는데!"

'뽑아 먹겠다는데!' 그 말이 너무 강렬하고 어이가 없어서 웃음이 났다. 과격한 표현이었지만 논리는 있었다. 명절마다 용돈을 드릴 수 있을 만큼의 넉넉한 형편이 되지 않았으니, 명절 문자메시지라도 대신 써 드리는 게 맞지 않을까 싶었다. 그렇다면 어머니, 기꺼이 제 머릿속에 있는 것을 내어 드릴게요.

다른 사람들의 대필 부탁에 비하면 엄마의 대필 메시지는 애교스러운 정도였다. 문자메시지는 길이라도 짧지, 글 좀 쓴다는 이유로 크고 작은 대필 의뢰가 계속 이어졌다. 고등학교 다닐 때는 친구들의 자기소개서를 봐 줬고, 대학에 다닐 무렵에는 의령 외삼촌에게서 전화가 왔다. 초등학교 문집 말머리에 들어갈 운영위원회장 축하사를 대신 좀 써 달라는 이야기였다. 그 말에는 어폐가 있었다. 사촌동생들은 이미 초등학교를 몇 년 전에 졸업한 고등학생이었기 때문이다. 반문하자 외삼촌이 머쓱하게 대답했다.

"애들이 졸업은 했는데, 촌에 초등학교 운영위원회장 할 사람이 없어서⋯⋯."

우리는 함께 웃었지만 웃기기만 한 건 아니었다. 시골에 젊은 사람이 부족해 운영위원회장을 맡을 인물이 없다는 현실은 비극적이라고 할 수 있었다. 외삼촌은 사촌동생들이 모두 장성한 후에도, 무려 20년이 가까운 세월 동안 내내 초등학교 운영위원회장을 맡고 있다. 명백한 장기 집권이지만, 한 번도 쿠데타가 일어나질 않은 걸 보니 누구도 욕심 내지 않는, 귀찮은 자리임에 틀림없다.

20대의 나는 초등학생 아이를 둔 학부모의 마음을 상상하며 글을 썼다. 실제로 본 적 없는 미지의 아이들이 글을 써서 책을 엮는다니까, 여러 모습이 머릿속에 그려졌다. 작은 손으로 책상에 앉아 글을 써 내려간 아이의 모습, 선생님의 숙제로 억지로 글을 채운 아이의 얼굴⋯⋯. 그리고 글을 한 권으로 묶어 내는 어른의 노동도 상상했다. 눈물이 나진 않았지만 뭉클해졌다. 그래서 축복하는 글을 썼다. '사랑하는 H 초등학교 어린이들에게'로 시작하는 글이었다.

시간 많은 작가라는 이유로 숱하게 무보수 대필을 해 오고 살았건만, 30대에 접어들어서야 유료 보수 대필의 기회가 찾아왔다. 선거철마다 쏟아져 나오는 책, 책으로 둔갑한 출사표, 바로 정치인 자서전 대필이었다. 대필이란 상대방의 입장이 되어야만 쓸 수 있는 것인데, 정치인은 한 번도 되어 보길 꿈꾼 적도, 관심도 없는 직업이었다. 자신이 없었다. 잘 쓸 수 있을까 망설이는 내게 '원고료는 600만 원'이라는 조건이 던져졌다. 순간 통장 잔고의 신이 얼른 이 미끼를 물라고 명하는 것만 같았다.

　하루를 고민하고 결정하기로 했다. 잘 모르는 분야를 쓴다는 부담감, 분명 스트레스를 많이 받을 것이라는 확신이 있었고, 집필 승낙과 함께 그것은 현실이 됐다. 원고를 쓰면서 처음으로 매운 떡볶이를 시켜 먹었다. 그건 맛이 아니라 고통이었지만 땀이 나는 동안 신기하게도 글이 쓰였다. 어느 작가는 줄담배를 피우면 막히던 글이 써진다고 하는데, 나는 매운 음식이면 됐다. 3개월이 넘는 시간, 하루에 대여섯 시간씩, 원고를 쓰는 로봇처럼 책 한 권의 분량을 차곡차곡 채워 갔다. 두툼해지는 원고만큼 엉덩이도 무거워졌다.

　정치인의 자서전은 응당 미래를 품어야만 했다. 살아온 삶을 적는 것보다, 미래를 쓰는 일이 어색하고 어려웠다. '희망' 같은 이야기들이 너무 쉽게 쓰일 때는 이래도 되나 싶었다. 하지만 이것은 내 책이 아니라 타인의 책이었다. 적어도 오버해서 적지 않으려고, 상대방이 말한 만큼만 쓰려고 노력했다.

올인하다시피 해서 쓴 자서전은 당연하게도 내 이름이 아닌 정치인의 이름으로 출간됐다. 나는 자서전 서문에 '내용의 얼개를 잡아 준 김수미 작가님, 감사합니다'라고 직접 적어야 했다.

출판기념회는 가지 않기로 했다. 마이크를 들고 자신의 책을 소개하는 정치인을 보는 상상만으로도 비애가 밀려왔다. 먼저 대필의 경험이 있는 언니에게도 물어보았는데, 출판기념회에 가면 기분이 참 이상하다고, 가지 않는 게 낫다는 답이 돌아왔다. 그리고 출판기념회 당일, 내 친구들만 아는 해프닝이 있었다. 장내에 '작가'라고 쓰인 의자가 있었던 것이다. 나를 아는 지인들은 순간 당황하며 수군거렸다고 한다.

"뭔데. 수미가 온대?"

하지만 작가석에 앉은 것은 자서전의 주인공인 해당 후보였다. 내가 썼지만, 내 이름으로 출판될 수 없는 책. 모두가 대필인 걸 알지만 속아 주는 쇼였다. 누구에게도 내가 쓴 책이라고 말할 수 없는 것이 대필의 가장 큰 비애였다.

곧 대필 원고료 600만 원이 통장에 꽂혔다. 그건 아주 큰 기쁨이었다. 3개월 동안 작업한 보람을 느꼈다. 하지만 무리한 집필로 손목에 무리가 와서 한의원에서 침을 맞고 보약을 짓는데 30만 원이 넘게 나갔다. 회복하는 데는 한 달이 걸렸다. 나는 받은 원고료로 가족들에게 골고루 용돈을 주면서 기분을 좀 내고, 살면서 가져 본 적 없는 질 좋은 코트를 하나 마련했다. 겨울옷은 늘 비싸서 머뭇거리다가 봄이 오곤 했는데, 이번에는 계절에 맞춰 옷을 살 수 있었다. 그때 쓴 책은 어두운 책상 아래, 먼지를 덮은 채로 누워 있다.

대필을 하면서 종종 생각했다. 만약 이게 진짜 내 책이었다면 어땠을까. 쏟은 시간이 좀 더 값지게 느껴지지 않았을까. 무엇보다 남들에게 내 글이라고 떳떳하게 보여 줄 수 있는 글을 쓰고 싶다는 생각을 자주 했다.

소리를 빌려 드립니다

신춘문예를 비롯해 여러 장르의 공모전에 원고를 보내고 또 보냈다. 이번에 응모한 곳은 모 극단에서 주최하는 아동극 공모전이었다. 오래 묵혀 둔 희곡을 수정해서 응모했다. 마음에 들지 않았던 결말에 새로운 확신이 생겼기 때문이다.

그 희곡을 쓰기 시작한 건 대학에 다닐 때였는데, 이상하게도 결말을 쉽게 지을 수 없었다. '소리를 빌려주는 가게'를 운영하는 할머니와 손녀 아리의 이야기였다. 할머니는 젊은 시절 세상을 돌아다니며 소리가 담긴 소라껍데기를 모았던 소리 수

집가다. 필요한 소리를 대여해 주는 가게를 차린 할머니는 어느새 나이가 들고 죽음이 임박한다. 아리는 할머니가 위안으로 삼던 소리인 '고향의 소리'가 고장난 것을 안타까워하며 직접 '고향의 소리'를 담아 오기 위해 여행을 떠난다.

'고향의 소리'가 뭘까. 나는 결말을 쓰기 전부터 고민했다. 처음에는 할머니의 '고향의 소리'를 '시냇물 흐르는 소리'라고 썼지만 거짓말이라는 것을 알았다. 이 물소리가 고향의 시냇물 소리인지 아닌지, 아무리 그곳에서 살던 사람이라 한들 어떻게 분간한단 말인가.

할머니가 애타게 그리는 '고향의 소리'란 대체 뭘까. 매일 고민하진 않았지만 때때로 나의 할머니를 보며 생각했다. 그러다 문득 '이제 쓸 수 있다'는 자신감이 생겼다. 거짓말 같았던 마지막 장을 지우고 새로운 이야기를 만들어 냈다. '고향의 소리'란 할머니의 돌아가신 엄마가 자신을 부르는 소리라고. "판임아, 판임아" 하고 부르는 정겨운 소리. 아리는 그 소리를 찾기 위해 죽음을 무릅쓰고 저승에 간다.

나의 할머니 판임 씨가 희곡에 영감을 주었다. 그래서 극중 할머니 이름도 '판임'이라고 지었다. 눈도 어둡고, 거동도 하지 못하는 우리 판임 씨.

판임 씨가 다리를 다친 건 우연한 사고였다. 자식들과 밥을 먹고 난 뒤 몸을 일으키다가 주저앉고 말았는데, 그 일로 여생을 누워 있게 될 줄은 할머니도, 옆에 있던 고모도, 지켜보던 나도 몰랐다.

젊어서부터 할머니는 막내아들을 유독 편하게 생각했다. 막내와 사는 게 마음이 편하다고 했고, 막내가 결혼하는 걸 보고 죽고 싶다는 말로 결혼을 서둘러 시켰으며, 손주를 안아 보고 죽고 싶다는 말로 나와 내 동생의 탄생을 촉진했다. 다행히 증손주를 보고 싶다고는 하지 않았다. 그렇게 할머니는 손주들이 20대에 접어들 때까지 막내아들네에서 살게 됐다. 막내아들이 빚 보증으로 집을 잃고 단칸방에 살아야 했을 때도 함께였다.

눈도 잘 안 보이고 어디를 마음껏 다닐 수도 없는 할머니는 가고 싶은 곳이나 보고 싶은 사람이 없을까? 〈소리를 빌려 드립니다〉는 그런 판임 씨를 생각하며 구상한 작품이었다. 할머니는 가끔 어릴 적 고향에서 같이 놀던 오빠나 언니 이야기를 했다. "친구랑 언니랑 빨래도 같이하고 학교도 같이 갔지"로 시작해서 "지금은 죽었나 살았나 바보맨치로 아무것도 모르고 산다" 하는 한숨 섞인 푸념으로 끝나는 이야기. 할머니가 보고 싶은 사람을 만나러 갈 순 없어도, 듣고 싶은 소리가 있다면 녹음을 해서 들려줄 순 없을까 상상했다. 만약 지금은 갈 수 없는 고향의 어떤 소리를 듣는다면 반갑지 않을까? 〈소리를 빌려 드립니다〉는 정말이지 할머니 덕분에 쓴 글이었다.

나는 작품이 당선되어 연극 무대에 오르는 날을 꿈꿨다. 만약에 내가 쓴 글이 정말로 무대에 오른다면, 휠체어에 할머니를 태워 공연장에 모시고 가겠다는 계획까지 세웠다. 비록 눈으로 볼 순 없어도 배우들의 대사는, 음악은, 관객들의 박수 소리는 귀로 들을 수 있을 테니까.

완성한 희곡을 메일로 보내고 한 달이 흘렀다. '기대하지 말아야지' 하면서도 '진짜 상 받으면 어쩌지' 하는 양가감정이 오갔다. '이번에는 어쩌면!' 하는 기분 좋은 예감이 들기도 했다. 할머니에게 하고 싶었던 이야기를 한 만큼, 이야기에 자신이 있었다.

평소처럼 TV 프로그램 촬영을 마치고 돌아오던 봉고차 안. '02'로 시작하는 전화번호가 휴대폰 액정에 떴다. '또 스팸일까?' 떨리는 마음으로 전화를 받았다.

(4장)

애매한 재능을
가진 사람

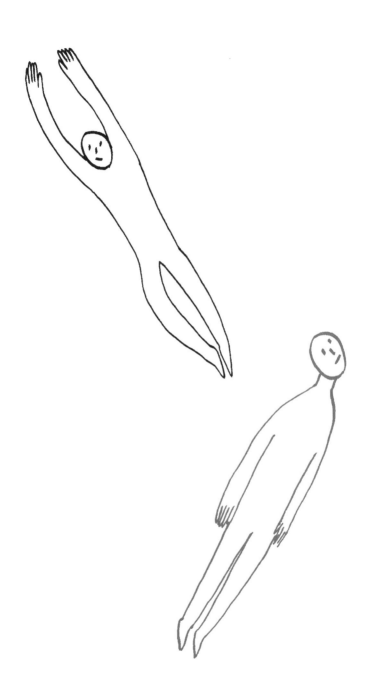

당선과 상금

500만 원.

그것은 '사다리 어린이 희곡 공모전' 우수상에 상응하는 아름다운 상금이었다. (내 인생 가장 큰 상이므로 두 번은 강조해야 한다.) 우수상 위에 대상이 있다는 것을 알았지만 우수하다는 칭찬 하나로 나는 어깨가 하늘까지 치솟았다.

'02'로 시작하는 전화번호의 주인공은 크지도 작지도 않은 목소리로 '우수상'이라고 말했다. 차분하게 수상금과 시상식 일정을 귀담아듣고 전화를 끊었다. '당선'이라는 말을 들으면

우와악 포효하고 호들갑이라도 떨 줄 알았는데, 기쁨이 왁 하고 속으로 삼켜진 것만 같았다. 실감이 나지 않았다. 그러다 서서히 방송국을 때려치우고 대학로로 진출해야 한다는 흥분이 땅속에 숨겨진 마그마처럼 부글부글 끓어올랐다. 멀리 차창으로 사라지는 풍경을 보면서 극작가로서의 화창한 미래를 상상했다.

하지만 인생은 얼마나 얄궂은지.

엄마 아빠 두 분만 시골에 갔다 돌아오는 명절에 운전대를 잡은 아빠가 신호를 받고 서 있던 외제차를 뒤에서 들이박는 사고를 냈다. 다행히 큰 사고는 아니었다. 하지만 당장 합의금이 필요했다.

부모님과 대책 회의를 했다. 하필 박아도 외제차를 박냐고, 동생과 나는 한탄했다. 운전석 옆에 앉았던 엄마는 계속해서 앞 유리창에 머리를 박았던 순간을 현실감 넘치게 흉내 냈다. 그 모습이 너무 리얼해서 우리는 참지 못하고 웃고 말았다. 동생은 엄마의 머리를 만지며 말했다.

"쾅 부딪혔다면서 혹 하나 안 났다. 엄마 머리가 세긴 센가 보다."

엄마 머리가 단단한 것은 다행이었다. 하지만 합의금을 마련하는 것은 완전히 불행한 일이었다. 외제차에는 노인 두 분이타 계셨다고 한다. 그들은 합의를 원했다. 적금이나 보험 하나도 제대로 들지 못하고 사는 마당에 큰돈 나올 구멍이 어디 있단 말인가.

아빠는 너무 걱정하지 말라며, 중요한 한마디를 했다. 몸으로 때우는 방법도 있다고. 합의금을 구할 수 없다면 자신이 벌을 받겠다는 말이었다. 감옥에선 삼시 세끼 밥까지 제공된다며아빠는 웃는 것도 우는 것도 아닌 표정을 지었다. 어쩌다가 아빠는 접촉사고 합의금을 마련 못 해 감옥에 가야 하는 선택지를 고민하는 지경에 이르렀는가.

나는 아빠를 보며 생각에 잠겼다. 젊은 시절 사료 장사를 하면서 꽤 많은 돈을 벌었던 아빠는 대단한 부자가 된 적은 없었지만 한순간에 대단한 빚쟁이가 됐다. 그 후로 오랜 지병인 당뇨병처럼 가난은 늘 아빠와 함께했다. 아빠라고 가난이 영영달라붙도록 가만 있었던 것은 아니다. 수습해 보려고 친척들에게 돈을 빌리기도 하고, 자신이 보증을 서 주었던 친구를 찾아보려고도 했다. 모두 어려운 일이었다.

사람에 대한 믿음이 완전히 사라지자, 아빠는 죽기를 기도했다. 온 가족이 다 같이 함께. 가족이라는 이유로, 우리는 한 세트로 죽을 뻔했다. 마산 앞바다에서 한 번, 집에서 한 번. 아빠가 생각해 낸 방법은 익사와 가스 질식사였다. 다행히 아빠는 뛰어들지 못했다. 불을 붙이지도 못했다.

아직도 기억난다. 나란히 서서 바라보던 시퍼런 마산 앞바다의 밤을. 철썩하는 소리는 현실감이 넘치는데 곧 죽는다는 게 전혀 실감이 나지 않았다. 한편 수영을 배운 동생은 그때 다른 생각을 했다고 한다. 적어도 자신은 맞은편 등대까지는 자유형으로 건너갈 수 있을 것 같은데 어쩌지 하는. 바다에 빠져도 자신은 살 것 같다는 또 다른 막막함이었다. 그날 우리는 말없이 집으로 돌아왔다.

외제차에 탄 노인 두 분이 요구한 합의금은 500만 원이었다. 내가 받게 된 상금도 500만 원이었다. 나는 예감했다. 아마 내 인생에서 앞으로 이런 상은 좀처럼 타기 힘들 거라고. 평생 받을 수 있는 가장 큰 상금일지도 모른다고. 잠깐이지만 500만 원으로 뭘 하지 호들갑을 떨고 좋아했던 것을 생각하면 눈물이 날 것 같았다. 그런 호들갑조차 겨우 이 정도로 잠깐이면 꺼질 일이었던 것을.

400만 원을 떼어서 합의금에 보태기로 했다. 여기에 엄마가 모아 뒀던 돈을 합했다. 어찌 됐든 아빠가 감옥에 갇히는 것보다야 나았다.

신기루처럼 사라진 상금처럼, 상이 주는 기쁨도 그러했다. '무엇'이 될 것처럼 설레고 들떴지만, 아무 일도 일어나지 않았다. 일상은 그대로였다. 대본 청탁이 들어오는 일도, 극단에서 연락이 오는 일도 없었다. 극작가라는 꿈은 옷을 털면 공기 속을 부유하다 천천히 바닥으로 가라앉는 먼지처럼 내려앉았다.

사고 이후 아빠는 오랫동안 백수로 지냈다. 주로 누워 있거나, 앉거나 서서 담배를 피우고 술을 마셨다. '그때 보증을 서주지 않았더라면' 하는 후회는 종종 자책을 지나 '차라리 태어나지 말았어야 했는데' 하는 부모에 대한 원망으로 끝났다. 나는 아빠를 사랑하기 위한 궁리보다 잘 미워하기 위한 궁리를 더 많이 했다. 아빠에게, 나에게 어떤 계절이 다가올지 알 수 없었다.

알게 된 것도 있었다. 상의 기쁨과 함께 거대한 불행이 직진으로 오는 것, 그런 게 인생이라는 것.

하다 말고 하다 말고

양미와 나는 1년에 한두 번 서로의 안부를 묻는다. "양미, 잘 지내?" 하고 물으면 양미는 꼭 "응, 잘 지내. 쑴은?" 하고 되묻는다. 내가 미영이라 부르지 않고 '양미'라고 부르는 것처럼, 양미도 나를 수미가 아닌 '쑴'이라는 별명으로 부른다.

양미와는 고등학교 만화부에서 친해졌다. 중학교 3학년 때 내 꿈은 만화가, 고등학교 1학년 때는 만화 스토리 작가였다. 만화가의 꿈을 접은 이유는 순전히 애매한 재능 때문이었다. 용돈을 모아 만화잡지인 〈밍크〉와 〈파티〉, 〈윙크〉와 〈이슈〉를 사 모으며 꿈을 키워 나갔지만 보는 것과 직접 그리는 것은 천지 차이였다. 만화 속 남자 주인공을 아무리 따라 그려도 좀처럼 원숭이를 벗어나지 못했다. 겨우 유인원까지는 나아갔지만 역시나 인간으로 보기에는 어려운 모습이었다. 반에서 그림 좀 그린다는 애들과 만화잡지에 화려한 그림엽서를 보내는 애들을 보면서 깨달았다. '나는 아무것도 아니군.'

냉큼 만화 스토리 작가로 꿈을 바꿨다. 당시만 해도 스토리 작가란 희소한 직업이었다. 부산에 만화 스토리 구성을 배울 수 있는 학원이 한 곳 있다는 소문을 듣고 전화를 해 봤지만, 수강생이 없어 수업이 폐강됐다는 안타까운 소식만 전해 들었다. 시무룩하던 차에 그럼 만화부가 유명한 고등학교라도 들어가자 싶어서 마산 가포고등학교에 들어갔다. '거기 가면 뭐라도 있겠지' 하는 심정으로.

동아리 면접 때는 별말이 없던 만화부 부장은 첫 회식에서 말했다.

"고백할 게 있는데,"

"네, 선배."

"사실 우리 동아리에서 만화 스토리 하겠다는 애는 네가 처음이야."

"아…… 아무도 없었어요?"

"응."

담백한 대화 끝에 잔에 콜라가 채워졌다. 부장이 멋쩍은 얼굴로 따른 콜라를 마셨다. "많이 먹어." "네." 선배는 이제야 개운하다는 표정으로 닭갈비를 집어 먹기 시작했다.

양미는 항상 작은 스케치북이나 연습장을 들고 다녔고, 점심을 먹고 나면 종종 동아리 방에 들렀다. 조용한 열정이 있는 아이였다.

만화 동아리는 1년에 한두 번 회지를 내곤 했는데, 나는 몇 번 양미와 협업으로 작품을 냈다. 인생을 큐브에 빗댄 만화가 있었고, 슬픈 러브 스토리도 있었다. 지금 보면 이게 대체 무슨 말인가 싶고 부끄럽지만, 우리의 자랑스러운 첫 협업이었다.

몇 해 전, 서울 혜화역 근처에 연극놀이 강의를 들으러 간 적이 있다. 6일 동안 이어지는 수업이어서 길게 머물 잠자리가 필요했다. 혼자 살던 양미에게 일주일 동안 너희 집에 머물 수 있냐 물었더니 양미는 흔쾌히 승낙했다.

양미의 집은 강동에 있었다. 출입문을 열면 좁은 복도와 화장실 겸 욕실이 보였고, 작업실이자 침실인 방 하나가 있었다.

불을 켜도 어두운 방이었다. 앞 건물이 공사 중이라 창문을 열어 두기가 어려워서 더 어두컴컴했다. 그래도 공사업체에서 소음과 먼지에 대해 양해를 구하며 두루마리 휴지 한 묶음씩을 가져다줬다며 양미는 웃었다. 우리는 커다란 두루마리 휴지를 머리맡에 두고 잠을 잤다.

양미의 냉장고에는 물이 없었다. 물이 비싸서 차라리 돈 조금 더 보태 우유를 사 먹는다고 했다. 밥을 잘 해 먹지 않으니 밥솥보다는 햇반을 애용했다. 나는 마트에 가서 쌀과 물을 사 왔다.

에어컨을 틀지 않으면 잠이 오지 않는 열대야가 이어지고 있었다. 양미는 평일에는 초등학교 방과후 교실에서 일하고, 나머지 시간에는 개인 작업을 했다. 여름을 일컬어 양미는 '보릿고개'라고 쓸쓸히 웃으며 말했다. 방학에는 방과후 수업을 할 수 없었다. 고정 수입이 끊기는 셈이니 주머니 사정이 궁핍해질 수밖에. 나는 '보릿고개'라는 말을 오랜만에 들어 본다고 생각했다. 곡식이 다 털린 황량한 논밭 가운데 스케치북이 든 가방을 메고 걸어가는 양미의 모습을 상상했다. 빨리 가을이 오기를 바랐다.

양미는 방학 때 주로 캐리커처 행사를 나갔다. 일당을 얼마라도 벌 수 있는 일이었다. 학습만화를 그리거나, 일러스트 외주 일을 받으면 다행이었다. 하지만 돈과 비례해서 작업 시간도 줄어들었다. 양미는 그걸 안타깝게 생각했다. 그만큼의 시간을 작업에 쏟을 수 있다면 얼마나 좋을까. 그렇지만 생계와 직결된 일을 포기할 수 없었다.

하루는 양미가 일이 늦게 끝날지도 모르겠다고 이야기했다. 집에서 만화책을 꺼내 보며 놀고 있으라고 했다. 양미의 취향이 담긴 만화책을 보다 문득 양미가 기뻐할 일을 하고 싶었다. 주인 없는 방을 청소했다. 바닥에 떨어진 먼지를 청소기로 빨아들이고 걸레로 닦는 정도였지만, 집에 도착한 양미는 다소 감격한 것 같았다. 그날은 좀 더 넓게 잘 수 있었다.

"양미, 작업은 잘되고 있어?"

오랜만에 양미에게 안부를 물었다. 양미는 수업을 끝내고 버스를 타러 가는 길이라고 했다. 둘 다 걷느라 숨이 찬 목소리로 대화를 주고받았다.

"하다 말고, 하다 말고, 그런 거지."

우리는 동시에 웃었다. 그래. 하다 말고, 하다 말고. 때로는 '말고'의 시간이 길어지더라도 '하다'로 넘어가길 바라는 마음.

어떤 합평

신문에서 시 수업 개설 공지가 눈에 띄었다. 평소 시 읽기를 좋아하고, 때때로 시를 썼던 나는 호기심이 동했다. 반가운 소식은 또 있었다. 수강료가 무료라는 것이다. 수업에 가지 않을 이유가 없었다. 뭔가 잘 꽂히지 않아서 그렇지, 꽂혔다 하면 추진력 하나는 좋은 나였다. 당장 전화를 걸어 수강신청을 했다.

첫 수업 날, 공책과 필통이 든 가방을 메고 산책하는 것처럼 천천히 걸어갔다. 한가한 평일 오전의 시 수업이라니. 마음만은 벌써 시인이 된 기분이었다. 한편 그런 생각도 들었다. 화요

일 오전 11시. 대체 이 시간대 시 수업을 누가 들으러 온단 말인가. 수강생이 너무 적으면 어쩌나 걱정도 됐다. 선생님과 오도카니 독대하고 싶진 않았다.

걱정 반 기대 반의 마음으로 강의실 문을 열었다. 수업 시작이 10분 넘게 남았는데도 강의실은 사람들로 북적북적했다. 40명 정원에 벌써 30명은 넘게 온 듯했다. 이만하면 출석률이 꽤 좋은 편이었다.

수강생은 대부분 노년층이었다. 20~30대의 젊은이는 콕 집어 헤아릴 수 있을 만큼 적었다. 눈에 들어오는 젊은이를 헤아리니 나를 포함해 세 명이었다. 하긴 젊은이들이라면 이 시간에 일터나 학교에 가 있는 게 자연스러울 것이다. 나는 제일 뒤편 책상에 가방을 내려놓고 믹스커피를 한 잔 타 왔다. 구수한 커피 향을 음미하며 강의실을 훑어보았다. 예상하지 못한 수강생의 연령대와 활기로 수업이 더 기대됐다.

시 선생님은 중년의 시인이었다. 본인보다 나이가 훨씬 많은 인생 선배들을 가르쳐야 하는 운명에 놓인 선생님은 세대 공감을 위해서인지 항상 수업을 꽃 이야기로 시작해 계절 이야기로 마무리했다. 장미, 목련, 개나리, 진달래 정도가 아는 꽃에 불과한 젊은이와 달리 노년의 수강생들은 꽃을 잘 알았다.

어느 날은 선생님이 상사화 이야기로 수업의 물꼬를 텄다.

"상사화는 잎 없이 피는 꽃입니다. 꽃은 잎을 그리워하고, 잎은 꽃을 그리워하죠. 여러분도 잎이 꽃을 그리워하듯이, 꽃이 잎을 그리워하듯이 그리운 사람이 있습니까?"

"예!"

선생님의 질문에 망설임 없이 우렁찬 목소리가 터져 나왔다. 큰 대답 소리에 모두가 자르르 웃었다. 대답한 백발 할머니도 홀홀거리며 웃고 있었다. 당당한 그리움은 명랑하기까지 하구나, 마음이 환해졌다.

선생님은 매주 숙제로 시제를 내고, 일주일 동안 학생들이 쓴 시로 합평회를 하겠다는 수업계획을 설명했다. 첫 번째 합평 시간의 시제는 〈바다〉였다. 대학 다닐 때 합평의 경험이 떠올랐다. 누가 먼저 발표하겠냐고 물으면 모두가 쭈뼛거리며 몸을 사렸던 어색한 분위기. 동화를 배우고 싶어서 수강한 문예창작과 수업에선 첫 합평 시간에 패기 있게 손을 들고 발표했다가 맞춤법부터 구성까지 쉴 틈 없이 지적당하며, 장장 30분 동안 탈탈 털린 적이 있었다. 그때의 충격은 3주 연속 수업 불참으로 이어졌다. 그땐 내 글에 대한 지적이 곧 나에 대한 공격처럼 느껴졌다. 결국 그 수업에 완전 흥미를 잃고 겨우 F 학점을 면했다. 첫 합평은 이렇게 날 서고 뼈아픈 기억으로 남아 있었다.

이번 시 수업 합평의 분위기는 달랐다. 묘하게 밝고 긍정적이며 의욕적이었다. 성적으로 남는 것도 아니고, 강의료를 낸 것도 아니니 큰 부담이 없어서일까.

첫 번째 발제는 누가 하겠냐는 선생님의 말에 윤 어르신이 손을 번쩍 들었다. 홍도를 방문하고 얻은 영감으로 시를 썼다는 윤 어르신은 낭독하기 전에 작품이 나오게 된 배경을 길게 설명했다. 이를테면, 과거 홍도에 가게 된 이유부터 설명을 시작하는 것이다. 아들 가족과 함께 홍도에 갔는데, 갈매기가 많았고, 배를 타고 들어가면서 멀미를 했다는 이야기가 아주 중요한 정보인 것처럼 끝없이 흘러나왔다. 처음에는 성의껏 들었는데 이야기가 길어지니까 점점 지루했다. 대체 우리들의 본론인 시는 언제쯤 낭독하시는 걸까. 기다림에 지칠 무렵 여기저기서 비난이 쏟아졌다.

"아지매, 시만 읽으이소."

"에헤, 뒷사람도 기다리고 있는데."

결국 시인 선생님이 점잖은 목소리로 개입을 했다.

"시를 읽지요."

윤 어르신은 침착하게 "마산 ○○동 사는 윤○○입니다. 홍도에서 받은 영감으로 시를 써 왔습니다"라고 거듭 자기소개를 하고 비로소 시를 읽었다.

컵에 든 차를 홀짝이며 가만히 귀를 기울였다. 엄숙하게 깔린 분위기 속에 〈갈매기 섬 홍도야〉의 전문을 들을 수 있었다.

이어서 선생님의 차분한 비평이 이어졌다. 선생님은 윤 어르신이 적은 시를 한 행씩 꼼꼼하게 짚어 갔다. 객관적으로 말하면 지적이 훨씬 더 많았다. "이건 시적인 표현이 아니죠", "가식적이네요", "고정관념이 보입니다."

마지막 연까진 반 이상 남았고, 이쯤에서 한 번은 칭찬이 나올 법도 했다. 윤 어르신은 여전히 기대에 찬 눈빛으로 선생님을 보았다. 나 또한 선생님의 입에서 긍정의 표현 한마디 정도는 나오겠지 기다리며 나눠 받은 종이를 들여다보았다. 분위기 있게 홍도를 묘사하다 갑자기 "강한 나라 만들어 승승장구하자꾸나"라며 애국심을 조장하는 것까지도 괜찮았다. "갓 태어난 새끼는 모빌이 되어 예쁜 비행을 준비하고 있단다"에서 선생님은 결국 언성을 높이셨다.

"아니, 홍도 갈매기가 무슨 동물원 갈매깁니까? 갓 태어난 새끼가 모빌이 되면 어찌합니까?"

학생들은 선생님의 지적에 고개를 끄덕이거나, 손으로 얼굴을 가리고 윤 어르신의 눈치를 살폈다. 나 역시 흘깃 윤 어르신을 바라보았다. 윤 어르신은 참지 못하고 소리를 빽 지르셨다.

"아니, 내가 모빌로 보였다는데 어짜노!"

강의실 여기저기서 "그건 그렇지", "그러면 어쩔 수 없지" 하는 목소리가 튀어나왔다. 그렇다. 작가가 '모빌처럼 보였다'는 걸 타인이 부정할 수는 없는 노릇이었다. 나는 윤 어르신에게 다가가 하이파이브를 하고 싶은 충동을 참았다.

나라면 과연 작품을 지적하는 말에 윤 어르신처럼 응수할 수 있을까? 아마 상대방의 말을 묵묵히 듣고 있었을 것이다. 귀 얇은 나는 타인이 말하는 내 글에 대한 장점보다 단점을 더 잘 받아들였다. 내가 쓴 글에 확실한 자신이 없어서인지 평가에 주눅이 잘 드는 편이다. 그래서 '내가 그렇게 보였다는데 네가 왜 난리냐'며 오히려 큰소리치는 윤 어르신의 반격이 더욱 통쾌했다.

내 작품을 더 나은 방향으로 이끄는 비판과 의견은 받아들여야겠지만, 작품의 원형이 흔들리지 않게 지키는 것도 작가의 몫이다. 첫 합평 시간, 윤 어르신에게 배운 것이었다

친애하는 폴르 님에게

애매한 재능의 소유자답게, 나의 창작 장르는 넓다. 어느 인터넷 사이트에서는 익명으로 웹소설을 연재했는데, 경험과 환상이 뒤섞인, 방송국을 무대로 한 로맨스 소설이었다. 쓸 때는 신이 나서 썼는데, 사람들이 보는 게시판에 글을 올리고 나면 어떤 반응들이 올까 신경이 많이 쓰였다.

하루가 지나도 글의 조회 수는 50을 넘기지 못했다. 댓글 또한 달리지 않았는데도, 나는 혹시라도 한눈 판 사이 새로운 댓글이 달리진 않을까, 틈만 나면 '새로고침'을 눌렀다. 다른 사람의 글에는 댓글이 열 개, 스무 개도 넘게 달리는데 내 글은 댓글이 귀한 것이, 마치 부익부빈익빈 현상을 보는 것만 같았다. '처음부터 기대 안 했는데 뭘~' 하는 마음과 '에레기! 내 이럴 줄 알았다' 하는 마음이 팽팽하게 맞섰다. 자조와 실망이 지나가고 나서는 은은한 절망감이 밀려왔다. '그래도 써 온 짬밥이 있는데!'

그래, 솔직히 호의적인 반응을 기대했었다. 글을 한 편 썼다는 성취감보다 인정받지 못했다는 실망감이 더 크다는 걸 왜 또 잊고 있었을까. 댓글 달기가 사람들에게 얼마나 귀찮은 일이며 성의가 필요한 일인지에 대해서도 생각했다. 그러던 중 새로운 댓글이 달린 것이다. 댓글은 세상에…… 무려 다섯 줄이 넘었다. '폴르'라는 닉네임이 그 주인공이었다.

폴르 님은 댓글의 절반을 'ㅋ'으로 채웠다.

[와ㅋㅋㅋㅋㅋ 진짜 골 때림ㅋㅋㅋㅋㅋㅋㅋ 완전 웃김]

이런 식이었다. 나는 폴르 님의 'ㅋ'이 진심이라고 믿었다. 다섯 줄의 댓글을 읽고 또 읽었다. 내가 의도한 아주 작은 포인트를 알아채고 섬세하게 언급할 때면 짜릿한 희열까지 느꼈다.

세상에. 어디서 이런 귀인이 나타났단 말인가. 이 한 사람의 반응을 보기 위해서라도 반드시 다음 편을 써야 했다.

폴르 님은 새로 올리는 글마다 나타나 글의 어디가 어떻게 좋은지 구체적이고 다정한 댓글을 남겼다. 나는 그걸 보면서 잇몸이 마르도록 웃었다. 그리고 벅차오르는 마음으로 그 댓글보다 더 긴 대댓글을 달았다. '감사해요 폴르 님'으로 시작하는 댓글이었다. 그 후에 두세 편의 글을 야심만만하게 더 올렸다. '다음 글을 기다리겠다'는 폴르 님의 기다림이 길어지지 않기를 바랐고, 또다시 달릴 댓글을 기대했다. 밥 먹는 시간도 아까워하며 글을 쓰기는 그때가 처음이었다.

더 이상 폴르 님의 새 댓글은 달리지 않았다. 혹시 신변에 무슨 일이 생긴 건 아닐까? 아니면 더 이상 내 글이 흥미롭지 않은 걸까? 어디에서 폴르 님의 기대를 저버렸단 말인가? 별별 생각이 다 들었다. 처음에는 마냥 기다리기만 했는데, 나중에는 걱정스러웠다. 그렇지만 폴르 님은 잘 지내는 듯했다. 다른 작가의 글에는 댓글을 달고 있음을 보게 됐으니까. 그것은 나에게만 쓸쓸한 풍경이었다.

글을 올린 지 2주가 흘러도 폴르 님의 댓글은 달리지 않았다. 나도 소설 쓰는 재미를 차츰 잃어버렸다. 소설을 올리는 간격이 길어지다 못해 마음속으로 연재 중단을 결정했다. 글을 쓰지 않는다고 해서 아쉬워할 독자가 없었다. '현타'가 왔다. 나는 그동안 도대체 무얼 쓰고 있던 것인가. 이건 글이 아니라 바이트로 갈긴 똥일 뿐이야! 게시글을 모두 지우고 싶었다. 우울했다.

그쯤, 폴르 님에게서 메시지가 왔다.

[작가님 ㅠㅠㅠㅠㅠ]

[시험 기간이라서 글을 못 읽었어요 ㅠㅠ]

[끝나면 꼭 꼭 읽을게요]

마음의 소리가 말했다. '다른 작가님 글은 읽었잖아요.'

사실 시간 내서 읽으면 5분도 안 될 분량의 소설이었다. 아무리 바빠도 정말 좋아한다면 시간을 낼 수 있었을 것이다. 어쩌면 읽어도 그만, 안 읽어도 그만이며 감상을 달아도, 안 달아도 그만인 일이었다. 두 번 생각하니 폴르 님에게 미안했다.

무엇이 폴르 님의 읽는 재미에 부담을 얹었나. 그것은 폴르 님보다 긴 대댓글을 단 나이지 않았을까. 대놓고 '감상에 힘을 얻어서 다음 편을 씁니다'라고 쓴 내가 폴르 님은 얼마나 부담스러웠을까.

　나중에 알게 된 사실이지만 폴르 님은 고등학교 2학년 학생
이었다. 시험이라는 것은 얼마나 많은 시간과 에너지를 들게
하는 일이던가. 나는 웃는 이모티콘을 보내며 답장했다.

　　　[괜찮아요. 제 글은 다음에 읽어 주시면 되죠. 시험 기간
　　　동안 건강 잘 챙겨요]

　그리고 나는 글 올리는 재미를 완전히 잃었다. 폴르 님은 알
까. 당신의 다섯 줄 댓글이 아이들을 등원시키거나 재우고 나
서의 나를 노트북 앞으로 달려들게 했다는 것을. 언제나 다음,
그리고 또 다음 글을 쓸 이유가 되어 주었다는 것을. 덕분에 나
는 알았다. 더도 말고 덜도 말고 한 사람의 진심 어리고 꾸준한
피드백만 있다면 계속해서 글을 쓸 수 있음을.

　비록 폴르 님과 나의 관계는 부담으로 끝났지만, 나는 다음
독자를 기다린다.

잊을 수 없는 새벽

잘 태어나는 일만큼, 잘 죽는 일은 어렵다. 나는 할머니가 잘 돌아가시기를 오랫동안 빌었다. 사료 장사로 바빴던 부모님 대신 나를 키워 준 할머니가 죽을 때 곁을 지키고 싶었다. 그건 강박 같은 의리이자 사랑이었다.

때로는 그 꿈에 짓눌려 가출을 하기도 했다. 밖에서 데이트 하다가도 아빠의 전화에 귀가해야 했던 때였다. "할머니 기저귀 갈아야 한다." 그 말이 신물 나게 싫었다. 곱게 갈아 드려도 머쓱할 일에 할머니를 구박하는 말을 하는 내가 스스로 너무 미웠다. 어떤 말을 해도 가만히 누워 있는 할머니는 꼭 얼어붙은 사람 같았다. 무작정 서울로 갔다. 어두컴컴한 친구의 자취방에서 엉엉 개운하게 울었다. 친구는 내 등을 쓰다듬으며 말했다.

"아무도 네게 할머니 돌보기를 강요하지 않았어."

그 말이 꼭 '도망쳐도 된다'는 말처럼 들렸다. 그 말 한마디를 듣기 위해 서울로 온 것 같았다. 이상한 해방감이 들었다. 벗어나도 괜찮다는 여지가 숨통을 틔어 주었다.

가출로부터 두어 달이 지나고, 할머니는 말도 제대로 하지 못할 만큼 기력이 쇠해졌다. 할머니의 삶이 얼마 남지 않았다는 것을 가족 모두가 알고 있었지만, 하루하루는 지겹게 흘러갔다.

잊지 못할 새벽. 그날은 오랜 꿈이 이뤄진 날이었다. 나와 같은 방을 쓰는 할머니가 자정이 가까운 시간에 몸을 일으켰다. 물을 드시게 컵을 잡아 드렸다. 할머니는 요구르트도 조금 삼켰다. 그 사실이 지금까지도 위안으로 남아 있다. 할머니가 물뿐만 아니라 요구르트도 마셨다는 게. 할머니는 빨대로 요구르트를 조금 빨아들인 뒤, 다시 가만히 누웠다.

그날따라 잠이 오지 않았다. 비스듬히 누워서 노트북을 켰다. 당시 유행했던 싸이월드에 들어가 친구들의 미니홈피를 구경했다. 아마도 친구의 취향일 잔잔한 배경음악을 아주 작은 음량으로 들으며 의미 없이 폴더를 들락날락했다. 친구가 공개해 둔 다이어리도 읽고, 오래전 올린 사진도 구경했다.

어느새 새벽 2시를 지나고 있었다. 순간 바람이라고 말하기에는 이상한 기운이 온몸을 휘감았다. 어떤 스산한 예감이랄까. 분명 문이 닫힌 방이었는데 작게 바람이 몸 주변을 돌다 지나간 것만 같았다. 무섬을 느낀 나는 고개를 좌우로 돌려 주위를 살폈다. 당연하게도 아무것도 없었다. 기분을 떨쳐 내려 다른 사람의 미니홈피에도 들어갔다. 피곤한 일인 줄 알면서도 그만둘 수 없었다. 그러다 잠이 들었다.

다음 날 아침, 아빠는 방 문을 열고 아침부터 라면을 끓여 먹자고 했다. 할머니가 그대로 누워 계시는 것을 확인하고, 부엌에 나가 다 같이 라면을 먹었다. 여전히 방에선 아무런 기척이 없었다. 라면을 다 먹은 나는 문을 열고 들어가 할머니를 깨웠다. "할매, 밥 먹어요. 할매."

할머니는 눈을 뜨지 않았다. 할머니의 몸을 조금 흔들어도 보았다. "할매, 할매." 두 번을 말했지만, 움직임이 없었다. 손으로 만져 보니 따뜻했던 뺨이 조금 식어 있었다. 혼자 감당하기 힘든 사실이었다. 아빠가 계신 옆방으로 갔다. 바로 옆방의 작은 소란을 아빠는 알고 있었을까. 방 문을 열자, 아빠는 마치 어떤 선고를 들을 준비가 된 사람처럼 의자에 정자세로 앉아 있었다.

"아빠, 할매 죽은 거 같다."

죽은 것 같다고 했다. 차마 죽었다고, 돌아가셨다고 단정 지어 말할 수 없었다. 아빠는 허탈한 것도 슬픈 것도 아닌 허, 하고 짧은 탄식을 내뱉었다. "119에 전화하자." 아빠는 바쁘게 전화를 돌렸다. 울지 않았다. 아빠도 엄마의 죽음은 처음인데.

집에 도착한 구조대원 두 사람은 할머니의 몸을 준비해 온 하얀색 천으로 둘렀다. 할머니의 마른 몸을 둘러싸기에 천은 아주 크게 느껴졌다. 아니면 할머니의 몸이 작았던 것인지.

"그렇게 나가면 할매가 추울 텐데" 중얼거리며 시신 수습하는 모습을 지켜봤다. 오랜 꿈이 이뤄진 기분은 개운하기보다 허무했다.

할머니가 돌아가시고 사촌동생이 할머니 이야기를 들려주었다. 평소에 눈이 안 보이는 할머니가 왜 방에 불을 켜고 있는

지 궁금해서 물어본 적이 있다고. 그때 할머니는 이렇게 대답했다고 한다.

 "수미 들어올 때 무서울까 봐."

 할머니는 늘 내가 잠자리에 들 준비가 됐을 때만 불을 껐다. 일하고 집으로 돌아오면 할머니가 반길 것이라는 확신이 있었다. 형광등처럼 익숙한 밝음이었다. 덕분에 나는 매일 무사하게 살아왔는지도 모른다. 늦게 알았다. 아픈 할머니가 나에게 의지하며 살아온 것이 아니라 그 반대라는 걸.

 가끔 그 새벽의 서늘했던 바람이 생각난다. 이제 남은 것은 장면과 기분, 그리고 해석뿐이다. 방 안에 불어온 수상한 바람처럼 할머니의 영혼이 잠깐 우리 가족을 지켜봤다가 가볍게 떠났다고 믿고 싶다.

 아직도 할머니가 돌아가신 날을 생각하면 조금 울게 된다. 그래서 시답잖은 상상을 덧붙이게 되는지도 모르겠다. 몸을 남겨 두고 멀리 떠나는 할머니가 누워서 컴퓨터 하는 내 모습을 봤다면, 한 소리 하셨을지도 모르겠다고.

 "할매 가는데 컴푸타나 하고, 이년은."

아마 말을 끝낸 뒤에는 '쓰읍' 하면서 입가를 쓰다듬었을지
도. 할머니는 민망할 때면 '쯧', '쓰읍' 하는 소리를 내면서 손을
입가로 가져가 쓸어내리곤 했으니까. 그 모습이 그립다.

배우가 꿈인 사람과 작가가 꿈인 사람

'어떻게 하면 글 쓰면서 입에 풀칠하고 살까?'

정말 끝나지 않을 고민이었다. 이제 나는 서울에 가지 않고도 꿈을 이룰 방법에 대해 고민했다. 아동극 작가가 꿈이라는 말을 들은 어느 극단의 대표는 다짜고짜 써 둔 대본이 있으면 달라고 했다. 공연이 아니라 단원들 워크숍 연습용으로 사용하겠다는 말이었다. 대답하지 않았다.

한번은 부산 모 대학 캠퍼스에 애니메이션 제작 스태프를 구한다는 전단을 붙여 사람을 모았다. 네 명의 사람이 손을 내밀었다. 생전 처음 만난 사람들과 '애니메이션 제작 지원 프로젝트'에 참여했다. 붙으면 애니메이션을 완성해 제출해야 했으므로 스태프들끼리 '붙어도 큰일, 떨어져도 큰일'이라고 너스레를 떨었지만 그래도 같이 고생한 스태프들을 위해서라도 붙었으면 했다. 하지만 탈락이었다.

어느 날은 지역에서 글 써서 먹고살기 힘든 이유를 고민하다 '이게 다 팬이 없어서야!'라는 진실을 깨달았다. 왜 팬이 없을까 깊이 고민하다, 창작자들이 작품을 만들고 써도 보여 줄 기회가 마땅치 않다는 생각을 했다. 팬이 저절로 모이지 않으면 스스로 모집이라도 해 보자 싶어서, 주변에 사는 화가들과 함께 '청년작가 팬클럽 창단식'을 기획했다. 홍보를 위해 포스터를 만들기로 하고, 마산 창동 골목골목을 돌며 포스터에 들어갈 사진도 찍었다. '아무도 우리를 모른다. 그래서 왔다'가 포스터 카피였다.

청년작가 팬클럽 창단식의 주인공은 창원대학교 미술학과에 재학 중인 두 대학생 화가였다. 동료들인 청년작가들이 잘 살아야 나도 잘살 수 있다고 생각했다. 덕분에 지역 신문 1면에도 실리고 창원KBS와 인터뷰도 했다. 아쉽게도 반짝 관심에 그쳤지만 말이다.

그즈음 부산에서 화가 공동체 '민들레'를 만든 신승훈 씨와의 인연으로 여러 사람을 알게 됐다. 문화 기획자이자 시인인 박진명 씨도 그중 한 사람이었다. 나는 그가 주축이 되어 만드는 문화 웹진 〈바싹〉의 기자로 일했다. 평소에 다른 창작자들은 어떻게 살고 있나 궁금했던 차에 인터뷰 코너 '이우지 예술가'를 진행했다('이우지'는 '이웃'의 경상도 사투리다). 원고료는 없었지만 취재비 요량으로 돈을 받을 때도 있었다. 덕분에 비행기 타고 제주 강정에 가서 해군 기지를 둘러싼 주민들의 이야기를 담은 기사도 쓸 수 있었다.

속이 답답할 때는 창작자로 살아가는 일에 대해 술 마시고 토론도 해 봤다. 동료들과 있을 때는 뭐든지 할 수 있을 것 같은 용기가 솟았지만, 그때뿐. 집으로 돌아가면 다시 막막했다. 일시적인 이벤트는 기획할 수 있는 여력이 있었지만, 장기적인 프로젝트를 할 수 있는 돈이 없었다. 그게 문제였다.

생계를 위해 아르바이트를 하는 시간을 제외하고는 이불 속에 가만히 누워 있었다. 따뜻한 이불 안에선 아무 사건도 일어나지 않는다는 안도감. 내가 움직이지 않으면 아무 일도 일어나지 않는다는 건 다행일까, 불행일까? 꿈도 현재도 미래도 모두 유보할 순 없을까? 인생의 모든 결정을 뒤로 미루고 싶었다.

하루하루 시간을 낭비하고 있다는 죄책감은 그래도 비슷한 일을 하는 친구들을 만날 때 조금씩 옅어졌다. 꾸준히 만들고, 쓰고, 그리는 사람들이 있다는 사실이 위안이 됐다. 지금은 사라진 CAFE 51의 정호, 정호일 형제를 통해서도 새로운 친구를 한 명씩 알아갔다. 기봉도 그중 한 사람이었다.

김기봉. 오래된 가죽재킷을 훈장처럼 입고 다니는 남자. 그는 미대를 졸업하고 대학가에 카페 겸 갤러리인 mogm을 만들어서 운영하고 있었다. 빈티지한 인테리어를 보며, 나는 그것이 사장인 기봉과 똑 닮았다고 생각했다.

mogm은 커피가 맛있었다. 나는 가끔씩 커피 내리는 기봉 옆에 서서 수다를 떨었다. 그러다 어느 날은 기봉이 아무렇지 않게 말했다. "내 꿈은 사실 배우예요"라고. "오늘 아침에 김치찌개 먹었어요"라는 말처럼 평범하게.

배우가 꿈이라고 말하며 생계의 덫 속으로 사라져 간 친구들의 얼굴이 떠올랐다. 큰 사명감을 가지고 무엇인가 크게 잃어가며 꾸는 꿈이 아니라 가볍고 재밌게, 어른이 되어서도 꿈을 꿀 순 없을까?

기봉의 말을 곱씹으며 대화를 하다, 즉흥적으로 희곡 낭독회를 제안했다. 나는 무언가에 꽂히면 사람을 모으고 뭔가를 만드는 일에 겁을 내지 않았다. 게다가 정식 연극이 아닌 낭독회. 장소는 이 카페면 충분했고, 낭독자도 눈앞에 보였다. "언제 밥 한번 먹을까요?"라는 말처럼 "우리 희곡 낭독회 할래요?"라고 물었다. 기봉은 담백하게 말했다. 다가올 생고생에 한쪽 눈을 감은 채.

"좋죠."

(5장)

작가는 아니지만
쓰는 사람

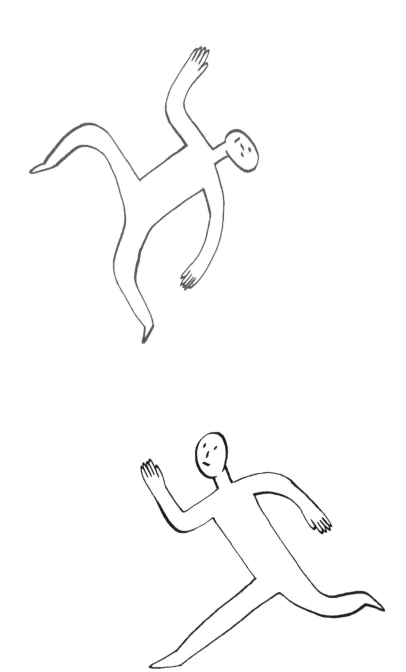

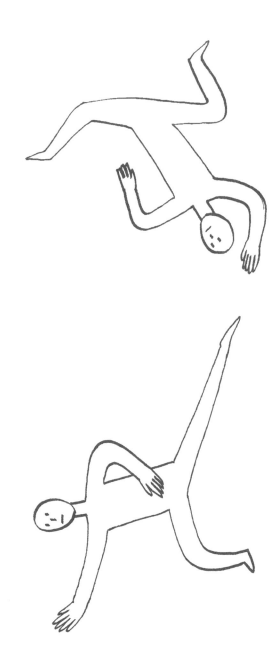

1인극 〈정상〉

"휘이이 휘이이."

연극 연습 초반이었다. 변변한 음향 및 장비를 갖추지 못한 우리는 연극에 나오는 모든 소리를 직접 냈다. 그러니까 '휘이 이' 이 소리는 내가 재현한 히말라야 안나푸르나의 바람 소리였다.

"휘이이 휘이이."

가만히 듣고 있으면 조금 외로워지는 데가 있는 그런 소리.

(무대미술을 맡은 호는 내가 바람 소리를 낼 때마다 웃지 않으려고 노력했다는 후일담을 전하기도 했다.) 어설픈 바람 소리를 듣고도 연기에 집중하는 기봉은 어쩌면 정말 타고난 배우였을지도 모른다.

배우가 되고 싶었던 카페 사장, 직접 쓴 희곡을 무대에 올리고 싶었던 극작가 지망생이 만나 만든 〈정상〉은 자타공인 아마추어들의 연극이었다. 처음엔 희곡 낭독회를 계획했지만 어떤 열망이 우리를 한 편의 연극 공연으로 이끌었다. 만드는 과정이 순조로울 리 없었다. 좌충우돌은 숙명이었다.

연습은 보통 각자 해야 할 일과 아르바이트를 마치고 난 후인 밤 10시부터 시작했다. 매일 새벽 2시, 3시까지 이어지는 강행군이었다. 처음에는 열의에 차서 했지만 우리는 점차 지쳐 갔다. 게다가 이 연극은 1인극이었다. 특히 1인극의 핵심인 배우 기봉의 컨디션이 나빠지는 게 눈에 보였다. 하지만 초보 극작가이자 연출가인 나의 욕심은 눈치 없이 커져만 갔고, 연기를 처음 해 보는 기봉에게 점점 많은 것을 요구하게 됐다. 좀 더 자연스럽게 대사를 했으면 했고, 발성이 좋았으면 했다.

결국 일이 터졌다. 기봉이 연습하다 말고 말했다.

"오늘은 이만하기로 해요."

공연 날짜가 바짝 다가와서 조바심이 났지만, 분위기가 심상치 않음을 감지한 나는 순순히 그러자고 했다. 기봉의 착 가라앉은 목소리에는 피곤이 덕지덕지 묻어 있었다. 두려움이 밀려왔다. 설마 이제 와서 못 해 먹겠다고 하는 건 아닐까. 내가 너무 몰아세웠나. 언제나 후회는 늦는 법이라더니. 딱 그 꼴이었다.

우리는 카페의 전등을 모두 끄고 나와 차를 타고 말없이 해안도로를 달렸다. 기봉이 먼저 말을 할 차례라는 것을 알았다. 기봉은 새벽에도 문을 여는 편의점 앞에 차를 세웠다. 그리고 따뜻한 음료수 두 개를 사 와 다시 차에 올라탔다. 어떤 말이 나올지 몰라 목이 탔다. 우리는 침묵 속에서 음료수를 천천히 마셨다. 그리고 기봉은 결심한 듯, 입을 열었다.

"우리가 처음 생각했던 연극은 이런 모습이 아니었잖아요. 연극하고 싶었던 사람들끼리 모여 즐기면서 하는 연극이었는데, 지금 수미 씨는 잘하길 원하잖아요. 그럼 저를 캐스팅해선 안 됐죠."

기봉은 잔기침을 섞어 가며 말했다. 적당히 쉬면서 연습 일정을 짜야 했는데 거의 매일 쥐어짜듯이 연습을 했으니 몸에 무리가 올 수밖에 없었다. 거기다 자꾸 내가 욕심을 부렸으니, 단

독으로 극을 이끌어 가는 초보 배우의 부담감에 불을 붙인 셈이었다.

틈틈이 서울 대학로에 연극을 보러 갔던 기봉. 무대에 오르는 일을 하고 싶어서 풍물패에 들어갔다던 기봉. 배우라는 꿈을 마음속에 품고 있던 카페 사장 기봉에게 연극 한 편 만들어 보자고 먼저 손을 내민 건 나였다. 분명히 처음에는 연극을 올리고 싶다는 순수하고 단순한 욕망에서 시작한 일이었다. 어느새인가 나는 '완벽'을 좇고 있었다. 부끄러움의 파도가 철썩하고 온몸을 치고 지나가는 것만 같았다. 그리고 두 번째 파도가 밀려왔다.

"수미 씨가 지금까지 본 배우들은 서울말을 썼을지 모르지만, 저는 달라요. 저는 사투리를 쓰는 사람이에요. 애초에 저의 이야기를 모티브로 연극을 만든 게 아닌가요?"

나는 가만히 생각에 잠겼다. 기봉의 말이 모두 옳았다. 한참 동안 입에 잘 붙지 않아서 기봉이 계속 틀렸던 대사를 떠올렸다.

기봉: 바람이 불면 꼭 죽음이 불어오는 것 같다.

바람은 정상과 나 사이를 가른다.

(나중에 이 대사는 '바람이 불면 꼭 죽음이 불어오는 것 같다. 바람은 정상과 내 사이를 갈라놓는다'로 바뀌었다.)

우리는 그날 서로의 속마음을 솔직하게 털어놨다. 나는 공연 날짜가 다가올수록 커지는 부담감과 압박에 대해서, 연출이 처음이라 서툴겠지만, 초대한 관객들에게 부끄럽지 않은 연극을 하고 싶은 마음에 대해서 떨리는 목소리로 전했다.

새벽의 진심 어린 대화 덕분에 우리는 초심을 떠올리며 다시 여유를 찾을 수 있었다. 연습으로 메꾸지 못한 어설픔은 어설픔대로 두는 게 우리의 연극이었다. 역사에 남을 명작이 아니라 과정이 즐겁고 재미난 연극을 만들자고 거듭 다짐했다. 연극을 만드는 과정 자체가 하나의 욕망이 담긴 퍼포먼스라고 생각했다.

우리는 가까이 혹은 멀리서 찾아오는 관객들을 위해 다양한 볼거리를 제공하고 싶었다. 그래서 기봉의 친구이기도 한 행위예술가 윤진을 섭외했다. 윤진은 당시 예술 활동을 접고 애인과의 결혼 자금을 모으기 위해 공장 노동자로 살고 있었다. 윤진은 사전 공연 제안을 단번에 수락했다. 모처럼 찾아온 공연의 기회가 더없이 반가운 모양이었다.

공연 당일. 윤진의 모습은 마치 물 만난 물고기처럼 보였다. 윤진은 '욕망'을 주제로 한 퍼포먼스를 펼쳤다. 노끈으로 계속 자신의 몸을 묶어 가며 억압하는 퍼포먼스였다. 기괴한 느낌의 음악이 흘러나오는 동안 아무런 대사가 없는 윤진의 공연이 이어졌다. 노끈이 팽팽하게 옥죄어 올수록 윤진의 몸은 불편해졌다. 공연을 보는 대부분의 관객들은 이 낯선 어색함을 견디고 있는 것처럼 보였다. 공연은 5분이 넘게 계속됐고, 시간이 지날수록 관객들이 자꾸 스태프들이 서 있는 뒤를 돌아보는 일이 늘어났다.

　　나도 관객의 눈치를 살폈다. 윤진의 퍼포먼스는 끝날 듯 끝나지 않았다. 사전에 리허설을 하지 않았기 때문에 어디가 공연의 끝인지 스태프도 모른다는 것이 이 공연의 곤란한 지점이었다. 윤진은 누운 채로 몸을 천천히 움틀거렸다. 저건 이제 끝났다는 신호일까? 공연을 보고 있던 나는 이제 그만 가서 윤진을 일으켜 세우고 노끈을 풀어 줘야 하나 갈등이 일었다.

　　결국 한참 노끈에 꽁꽁 묶인 몸으로 가만히 누워 있던 윤진이 말을 했다.

　　"끝났는데요."

　　그 말을 듣자마자 나는 카페 안 조명을 모두 켰다. 관객석에

선 숨죽여 참았던 웃음이 와하하 하고 터져 나왔다. 우렁찬 박수와 함께. 관객들은 개운하게도 웃었다. 관객들이 불편했으면 좋겠다는 윤진의 처음 의도가 100프로 먹혀들어 간 것 같았다.

윤진의 퍼포먼스가 끝나고 비로소 연극이 시작됐다. 이제 '휘이이' 하고 사람이 내는 바람 소리가 아닌 멋진 음향이 갖춰져 있었다. 호일이 음향을 맡았고, 호가 무대미술을 맡아 연극의 배경인 안나푸르나를 재현했다. 호가 만든 산은 너무 근사했다. 이렇게 멋진 무대 장치가 나중에 부서지는 결말에 처한다고 생각하니 미안할 정도였다.

연극 〈정상〉은 한 남자의 정상을 향한 집념에서 시작한다. 산사태로 동료를 다 잃은 남자는 정상에 대한 회의를 품고 방황한다. 그리고 남자는 인생의 목표였던 정상을 관객 몇몇과 함께 오르기로 결심한다. 그들은 정상 위에서 춤을 추고, 정상을 부순다. 그리고 모든 관객을 정상이 부서진 자리로 초대한다.

〈정상〉은 실험적인 1인극이었다. 공연이 시작되기 전에는 연극에 대한 이해는 둘째치고 '관객들이 과연 잘 참여해 줄까?' 걱정이 컸다. 하지만 관객의 70프로가 지인들이어서인지 모두 기봉이 이끄는 대로 기쁘게 무대 앞으로 나왔고, 함께 춤을 추었으며, 자신의 정상(목표나 꿈)이 무엇인지 기꺼이 이야기해 주었다. 관객 참여가 여러 번이라는 점을 걱정했지만 기봉은 아주 뻔뻔하게 관객과 호흡을 맞춰 갔다. 그렇게 연극은 결말까지 완만하게 나아갈 수 있었다.

〈정상〉의 마지막은 배우와 스태프, 관객 들이 모두 단체 사진을 찍는 시간이었다. 그 사진은 여전히 내 컴퓨터 안에 저장되어 있다. 사진 속 나는 두 손으로 따봉을 하고 있다. 배우도, 관객도, 스태프도 모두 상기된 얼굴로 마친 연극이었다. 무사히 마친 것이 기적이었다.

겨울이 되면 그때가 생각난다. 서늘한 카페에서 연습을 할 때나, 불 꺼진 새벽 거리를 다 같이 걸을 때, 우리는 농담을 주고받느라 바빴다. 신기하게도 누구도 "이 연극 되겠지?", "완전 망하면 어쩌지?" 하고 근심과 우려를 하지 않았다. 우리에게 〈정상〉은 그런 연극이었다. 누군가에게 인정받기 위해서 만든 연극이 아니라 그냥 하고 싶어서 만든 연극이고 우리가 설레서 하는 연극이었다.

'당연히 잘 못할 거야, 우리 목표는 잘하는 게 아니니까. 그냥 해 보는 데 의미가 있는 거야.' 매일같이 마음을 다지며 연극을 준비했었다. 그럼에도 우리는 꽤 애를 썼고, 그 많은 새벽을 지나 30명의 관객 앞에 처음이자 마지막 연극을 올렸다. 극작가 수미와 배우 기봉의 역사적인 데뷔작. 애석하게도 세상은 이런 공연이 있었는지 눈치도 채지 못했지만 여전히 기억하는 '우리'가 있으며, 좁은 카페에서의 연극을 지켜봐 준 30명의 관객이 있다.

어쩌면 사람들은 모두

〈정상〉을 올렸다는 게 꿈처럼 느껴졌다. 연극이 끝나서 행복하다거나 개운하다는 느낌보다 허무함과 무기력이 컸다. 큰일을 한 것 같았는데 아무것도 손에 잡히는 게 없는 기분이랄까. 연극 한 편을 올리며 인생이 크게 달라지리라 기대한 건 아니었지만, 일상은 예전과 놀랍도록 같은 모습이었다.

연극의 무대였던 카페는 다시 손님을 맞았고, 연극을 준비했던 사람들은 모두 각자의 생활 속으로 돌아갔다. 나는 다시 생계를 위해 아르바이트를 하러 나갔고, 주말마다 동네 도서관에서 초등학생을 대상으로 글쓰기 수업을 했다.

여전히 글을 쓰며 먹고산다는 건 막막했다. 글쓰기 말고는 특별한 기술도 없었다. 고시학원과 심리 상담센터의 채용공고를 보고 이력서의 빈칸을 채워 넣다가, 문득 한심하다는 생각이 들었다. 자격증 칸에 적을 것이 없었다. 초등학교 4학년 때 딴 워드 프로세서 3급을 썼다가 누구나 다 할 줄 아는 워드를 (그것도 3급을!) 특기사항에 넣는 게 민망해서 후다닥 지웠다. 대학에서 엑셀이라도 배웠다면 일자리 찾기가 이토록 아득하진 않을 텐데. 못나게도, 뒤늦게 대학을 원망했다.

그러던 중에 구직 사이트에서 영재교육학원의 선생님 구인 글을 보게 됐다. 영재와는 거리가 먼 사람이지만 에라 모르겠다, 하고 이력서를 넣었다. 면접을 보러 오라는 전화에 버스를 타고 영재교육학원으로 갔다. 그리고 평균 5세 정도 유아의 키와 눈높이에 맞는 책상 의자에 앉아 원장님과 일대일 면접을 봤다.

"극작과를 나왔네요?"

원장님은 이렇게 말하고 뜸을 들였다. 나는 작게 "네" 하고 대답했다. 과연 극작과를 나왔다는 사실이 채용에 득이 될 수 있을 것인가. 나는 눈치를 살폈다. 유아교육을 전공한 것도 아니고, 관련 자격증도 없으니 반쯤은 포기하고 있던 상태였다. 원장님은 다시 자기소개서를 쭉 읽어 보더니 말했다. 다음 주부터 출근하라고. 속으로 '아싸!'를 외쳤다.

　나는 영재교육학원에서 사고력 수업을 맡았다. 수업은 주로 다양한 보드게임을 활용해서 진행됐는데, 나는 아이들에게 보드게임하는 방법을 알려 주고 진행이 원활하도록 돕는 역할을 했다. 2주 동안 다른 선생님들이 수업하는 모습을 보고 배우며 실전 감각을 쌓았다. 선생님들은 아이들의 승부욕을 부추기고, 때로는 식혀야 했다. 아이들이 공을 튕겨 원하는 자리에 넣거나 블록을 멋지게 쌓을 때마다 "굿!", "와~" 같은 리액션을 빼놓지 않았다. 아이들이 작은 무엇이라도 해낼 때마다 하이파이브는 필수였다. 이렇게 매 순간 최선을 다하며 아이들을 만나는 선생님들을 보니 경이롭다는 생각까지 들었다.

　가만 지켜보니 선생님들마다 아이들과 노는 자신만의 기술이 있었다. 재희 선생님은 지나치다 싶을 정도의 리액션과 환호로 아이들의 인기를 끌었고, 유미 선생님은 게임 방법을 논리적이고 차분하게 말하며 아이들을 집중시켰다. 나에게도 나만의 기술이 필요했다. 어떻게 하면 최소 한 명에서 최대 다섯 명의 유아들과 40분이라는 긴 수업 시간을 즐겁게 보낼 것인

가. 나는 학원 책장에 꽂혀 있는 동화책을 떠올렸다. 보드게임에 들어가기 전에 동화책 한 권을 재미나게 읽는 것을 수업의 장점으로 삼기로 했다.

목이 터져라 동화를 낭독했다. 보통 6교시 정도가 되면 목도 정신도 탈진되는 상태에 이르렀다. 그래도 또 다음 시간 새로운 아이들이 자리에 앉아 말똥말똥 기대에 찬 눈으로 나를 보면, 알 수 없는 힘이 났다. 다시 책을 펼치며 환상의 세계로 아이들을 인도하게 되는 것이다. 나는 작은 교실에서 정글 속 호랑이도 됐다가, 지각쟁이 존도 됐다가, 사과를 탐내는 지렁이가 되기도 했다.

한번은 열린 결말로 동화가 끝나는 게 아쉬워, 아이들에게 동화의 의미와 교훈까지 친절하게 알려 준 적이 있다. 그때 집중해서 듣고 있던 다섯 살 수강생은 이렇게 말했다.

"선생님은 왜 전부 다 이야기해요?"

아차 싶었다. 동화의 끝과 의미를 홀로 상상할 수 있는 독자의 재미를 훔친 파렴치한이 된 것 같았다.

이 지적을 듣고부터는 동화의 마지막 문장만 상큼하게 말하고 책을 덮었다. 아무리 교훈이나 의미를 덧붙이고 싶어도 꾹 참았다. 독자에게 상상할 여지를 주는 것, 다 보여 주지 않는 것. 다섯 살 수강생이 했던 말은 새로운 이야기를 쓸 때마다 떠올랐다.

　어디로 튈지 모르는 영유아 아이들과 수업하는 일은 무척 진이 빠졌지만, 예상 못 한 재미도 많았다. 아이들은 상황극과 즉흥극의 천재들이었고, 우리는 보드게임을 하면서 온갖 이야기를 지어냈다. 모방의 천재들은 부모님의 말을 따라 하기도 했고, 그림책에서 본 대사와 상황을 적용시켜 캐릭터를 만들기도 했다. 마트 가는 아빠를 흉내 내기도 했고, 동화책 속 늑대를 자신에게 대입하기도 했다. 우리는 보드게임이라는 세트 위에서 각자의 역할을 맡고, 대사를 주고받았다. 쫓고 쫓기는 도둑과 경찰도 됐다가, 함께 집을 짓는 동료가 되기도 했다. 마치 작은 연극을 올리는 것처럼 우리는 배역에 몰두했다. 그 시간이 즐거웠다.

　너무 자연스럽게 배역을 만들어 내고 연극 놀이에 몰입하는 아이들을 보면서 질문이 생겼다. 어쩌면 사람들은 모두 '연극'이라는 DNA를 가지고 세상에 나오는 게 아닐까?

　아이들은 아무런 겁도 없이 연극이라는 놀이를 즐겼다.

그릇의 모양과 크기

권위 있는 누군가의 인정을 받아야만 작가의 반열에 올라선다고 믿었었다. 마치 제품에 찍힌 KS마크처럼 '등단'이라는 도장이 쾅 박혀야 작가로 인정받을 수 있다고.

신춘문예에서 떨어질 때마다 '에이, 신춘문예가 뭐 별건가. 봄에 좋은 상 받는 거지' 하고 마음을 달랬지만 새로운 봄, 새로운 작가의 탄생은 얼마나 부럽고 싱그럽게 느껴졌는지. 나도 세상에 새로운 작가로 하루빨리 호명되고 싶었다.

스스로가 어떤 장르의 글을 잘 쓰는지 몰라 시나리오, 희곡,

동화, 소설······ 닥치는 대로 쓰던 나에게 한 피디가 "너는 시를 잘 쓸 것 같다"는 말을 툭 하고 던졌을 때, '그래, 시를 한번 써볼까?' 생각했다. '잘 쓴다'도 아닌 '잘 쓸 것 같다'는 미래지향적 칭찬에 팔랑귀 작가는 흔들렸다. 그래서 틈틈이 습작한 시를 모 신문사 신춘문예 동시 분야에 냈다.

이번에도 탈락이었다. 하지만 첫 도전이니 웃을 수 있었다. 이것도 경험이라 생각하면 입안 쓴맛이 덜했다.

두 번째 신춘문예 원고를 낼 때는 버스를 타고 울산에 있는 신문사 사무실에 직접 갔다. 어쩐지 원고가 든 봉투만 우편으로 덜렁 보내는 것보다 발품을 파는 게, A4용지에 어떤 정성을 담는 일이라는 출처 없는 미신에 사로잡혀 있었다.

내가 또 신춘문예에 작품을 제출한다고 하자 아는 언니가 말했다.

"너 탈락했다는 핑계로 술 언어먹으려는 속셈 아니냐?"

나는 어떻게 알았냐고 웃으며 대꾸했다. 신문사의 심사공정을 테스트하기 위해서 응모하는 거라고. 당선되면 뭔가 크게 잘못된 거라 생각하면 된다고. 너스레를 떨었지만 속으로는 간절히 붙기를 바랐다.

하필 신춘문예 당선자 발표는 새해 1월 1일에 한다. 그래서 더욱 사람을 들뜨게 한다. 당선자에게는 발표일보다 조금 앞서 신문사에서 연락이 온다고 하는데, 12월 31일이 돼도 울리지 않는 휴대폰을 보며 탈락을 깊이 예감하곤 했다. 마음속에서 눈물의 신춘문예 테마송 〈12월 32일〉이 재생됐다.

내게 1월 1일은 없다고

내 달력은 끝이 아니라고

32일이라고~ 33일이라고~

네가 올 때까진 나에겐 아직 12월이라고

'너'는 끝까지 오지 않았다. 그리고 늘 그렇듯 1월 1일, 씁쓸하게 당선자들의 이름과 작품을 확인했다. 언제나 당선작보다 당선 소감을 먼저 읽었다. 문예창작과에 다니는 아들에게 책만 사 주다 늦은 나이에 수필로 등단한 작가, 회사에 다니면서 쓴 시로 등단한 작가, 고마운 사람들의 이름을 열거하며 마지막에는 자신에게 힘이 되어 준 아이돌에게 애정을 표한 작가……. 기쁨, 오랜 절망, 겸손, 자아도취 등이 섞인 당선 소감을 부럽고도 존경스러운 마음으로 읽었다. 나도 언젠가 당선 소감을 적을 날이 올까? 역시 안 되겠지. 기대와 자조 사이를 시계추처럼 오갔다.

　부산에서 문화 기획도 하고, 아이도 키우고, 글도 쓰는 박진명 시인도 나와 사정이 비슷했다. 그도 나처럼 신춘문예에 여러 번 떨어졌다.

　"신춘문예에 계속 도전할 때는 세상의 기준에 맞춰서 뭘 하려고 했던 것 같아요. 지금은 내 개성을 찾아가는 게 맞다고 생각하죠. 어쨌든 글의 형식으로 세상에 접속해서 살아갈 수 있다면, 단련된 글쓰기 재능으로 세상에 필요한 일을 하는 작가로 살면서 또 다른 재미를 찾을 수 있지 않을까요?"

　그 말을 듣고는 대학 동기가 내게 했던 말이 떠올랐다. 그 언니는 나를 '범재'라고 표현했다. '할 수 있는 일을 부지런히 찾아서 하는 사람'이라는 설명을 덧붙이며. 그 말을 듣고는 '맞아, 난 천재는 아니지' 씁쓸했다. 그 말이 내게 별 재능이 없다는 말처럼 느껴져 서운했다. 하지만 시간이 지날수록 '범재'라는 표현이 마음에 들어왔다.

　　범재. 평범한 재주를 가진 사람.

뛰어나지도, 못나지도 않은 보통의 재주를 가진 사람.

파도 소리와 밴드 음악이 함께 뒤섞인 광안리 바다에서 부채를 들고 음악에 맞춰 가볍게 몸을 흔드는 박진명 시인의 뒷모습을 보면서 나는 새삼 '작가의 쓰임'에 대해서 생각했다. 대단한 글을 쓰진 못해도 주변에 도움을 주고, 세상에 필요한 일을 할 수 있는 작가로 살아가는 일. 마치 범재인 나의 그릇을 확인한 것 같았다. 이상하게 마음이 개운해졌다.

더 이상 신춘문예에 도전하지 않는 대신, 나는 여러 가지 방식으로 세상에 글을 내보냈다. 블로그에 글을 올리고, 각종 라디오에 사연을 써서 보내기도 했다. (덕분에 초대권을 받아 영국 밴드 오아시스의 내한공연을 보러 갔다!) 부산교통공사에서 하는 시민 문예 공모전에 〈봄〉이라는 제목의 동시를 내기도 했다. '시민'이라는 말이 마음에 좀 걸렸지만 폭넓게 보면 나도 작가이기 전에 시민이라고 뻔뻔하게 우기며 공모전에 시를 냈다. 거기서 최우수상을 받았다. 오랜만의 상에 나는 몹시 들떴다. 부상으로 상품권 10만 원까지 받았으니 얼마나 기분이 째졌겠는가. 부산 지하철역을 이용하는 시민들 중 몇 명 정도는 지하철역에 걸린 내 시를 읽었을 것이다. 그 생각을 하면 가슴이 빠르게 된다.

남들이 보기에는 내가 가진 그릇이 작고 겸손해 보일지 모른다. 더 큰 그릇으로 바꾸기 위해 노력해야 한다고, 더 좋은 것을 담아야 한다고 성화를 부릴 수도 있다. 지금 나는 세상의 말에 휘둘리지 않고 내가 가진 그릇을 소중하게 바라보는 연습 중이다. 비로소 '무언가 되지 못한 사람'이라는 시선을 스스로에게서 거둘 수 있게 되기를 바라며.

천재가 아닌 평범한 사람은 자신이 할 수 있는 일을 한다. 그것은 얼마나 분명한 경지인가. 자신이 할 수 있는 일을 찾아서 하는 평범한 사람의 일을 평가 절하하지 않았으면 좋겠다.

삭발이냐, 결혼이냐

판임 씨가 꿈에 나왔다. 돌아가시고 처음 있는 일이어서 아침에 조금 들뜬 기분으로 깨어났다. 10년 넘게 누워 생활했던 판임 씨가 꿈속에서는 잘 걸어 다니기만 해서 신기했다. 판임 씨는 다짜고짜 말했다.

"그놈이랑 결혼해."

"누구랑? 사람이 있어야 결혼하지."

나는 꿈속에서도 애인이 없다고 거짓말을 했다. 현실에서는 그래야 외박하는 데 용이했기 때문이다. 꿈속의 판임 씨는 그 뒤로 아무 말도 하지 않았다. '그놈'이 누구인지 캐묻지도 않고 그냥 바라만 봤다. 놀라운 건, 같은 날 애인의 꿈에도 판임 씨가 출연한 사실이다.

"꿈에 내가 너희 집에 갔는데 어떤 소복 입은, 머리가 길고 까만 여자가 있었어. 방에 가만히 누워 있었어."

"머리가 까맸어?"

머리가 까맣다는 말에 애인의 꿈속에 나온 사람이 판임 씨라고 단정 지으며 호들갑을 떨었다. 판임 씨는 아흔이 넘는 나이에도 머리가 희게 세지 않았기 때문이다. 마치 다른 곳은 늙어도 머리카락만은 늙지 않는 사람처럼. 나는 애인을 가만히 보면서 생각했다. '혹시 이 사람이 우리 할매가 점지해 준 인연인 걸까?'

당시 나는 애인과의 연애에 대해 고민하고 있었다. 애인을 만나면서 작가 생명의 위태로움을 느꼈기 때문이다. 연애하는 데 정신이 팔려서 글이 도무지 써지지 않았다. 마치 '노는 게 가장 좋아'라고 부르짖는 뽀로로라도 된 기분이었다.

나는 운 좋게 도서관 작가 지원 프로그램의 도서관 상주 작가로 뽑혀 한 달에 80만 원이라는 생활비를 지원받고 있었다. 그리고 결과물로 희곡 한 편을 연말까지 써 내야 하는 상황이었다. 부산 반송의 느티나무도서관에서는 초등학생들과 주말마다 글쓰기 수업을 했다. 두 가지를 부지런히 해내야 하는 중요한 시기였다. 하지만 딱 해야 할 일의 기본만 하고 틈만 나면 애인과 놀았다.

작품에 들일 공을 애인에게 들이던 중, 어떤 위기감이 밀려왔다.

'수미야, 정신 차려라! 이렇게 나라에서 지원금 받으면서 글 쓸 기회가 흔치 않다. 연애는 나중에도 할 수 있다. 제발 정신 차려!'

하지만 그때뿐, 애인에게 연락이 오면 노트북 화면을 끄고 재빨리 놀러 나갔다.

당장의 기쁨은 달콤했지만, 희곡 마감 기한까지는 3개월이 남은 상황. 지금이라도 정신을 차리고 글을 써야 했다. 결국 애인에게 말했다.

"당신과 헤어져야 하나 진지하게 고민하고 있어. 연애 시작하고부터 글이 정말 안 써져. 삭발이라도 해야 할 판이야."

"머리를 자르면 좀 나아질 거 같아?"

애인은 간곡하게 말했다. 만약 삭발해서 집중이 된다면 그렇게 하라고. 하지만 이별은 안 된다고. 순간 민머리의 나를 상상했다. 하필 겨울이었다. 민머리는 추우니 비니를 써야겠지……. 나는 숏컷이라고 정정했다. 그리고 이제부터라도 제대로 쓰겠다는 의지로 긴 머리카락을 확 잘랐다.

역시 효율은 오르지 않았다. 이번에는 소설가 김비 언니를 찾았다. 오랜 시간 꾸준히 글 쓰며 재밌는 결혼생활을 하고 있는 언니는 닮고 싶은 롤모델 작가였다. 햇볕 좋은 카페에 앉아 언니에게 고민을 토로했다. 연애로 글이 안 쓰이는 상황이며, 설상가상 애인이 결혼을 원한다는 사실까지. 언니는 가만히 듣다가 말했다.

"수미 씨의 그분이 인생의 주춧돌이 될지, 걸림돌이 될지는 좀 더 지켜봐야 할 것 같아요."

주춧돌이냐. 걸림돌이냐. 좋든 나쁘든 돌이 가지는 무게는 같았다. 당장은 창작 생활에 있어 사랑스러운 걸림돌임이 확실했다. 나는 이 돌을 냉큼 치울 수 있을 만큼 냉정한 사람도 아니었고, 강단 있는 작가는 더더욱 아니었기에 일단 그대로 두기로 했다.

그리고 애인으로부터 프러포즈를 받았다. 이후 누가 결혼을 한 이유가 뭐냐고 물으면 나는 '거절하지 못해서'라는 한심한 대답을 내놓고는 했다. 자기가 써 온 편지를 읽으며 우는 선량함에 그만 고개를 끄덕이고 만 것이다. 나는 결정적일 때 마음이 약해서 문제다.

물론 아주 생각 없는 결정은 아니었다. 적어도 이 사람이라면 나의 글쓰기 내조를 해 줄 것 같았다. 애인은 오로지 나의 스케줄을 위해서 주말마다 차를 끌고 창원에서 부산까지 오갔다. 내가 일하는 동안 자신은 차에서 쪽잠을 자고, 강의가 끝나면 밤늦게 집에 데려다줬다. 나를 위해서 언제나 피곤하게 사는 애인의 희생정신을 보면서 '이 사람이라면 결혼도 괜찮지 않을까?' 싶었던 것이다.

애인을 정식으로 집에 초대했다. 뻔질나게 드나들던 집 앞이었지만 집 안 입성은 처음이었다. 애인은 떨리는 마음으로 초인종을 눌렀고 하필이면 그날따라 초인종이 고장이 나 있었다. 단 한 번 눌렀을 뿐인데 집에서 '딩동~ 딩동~ 딩동~' 초인종 소리가 방정맞게 울려 댔다.

"선전포고네."

동생의 농담 덕분에 아빠는 '허' 하고 웃었다. 그렇게 긴장이 조금 풀린 상태로 인사를 나눌 수 있었다.

애주가의 집답게 술이 상에 오른 그날, 부담과 어색함을 알코올로 녹여 버리겠다는 결기로 모두가 계속해서 술을 들이켰다.

"자네 수미가 글 쓰는 사람이라는 건 알지?"

"압니다."

아빠는 다소 엄숙하게 말했다. 앞으로 힘든 일이 많을 거라고, 마치 오래 들고 있던 짐을 누군가에게 맡기는 사람처럼, 당부의 말은 오랫동안 이어졌다. 지칠 법도 했지만, 영업사원인 애인은 사람을 대하는 데 능숙했다. 오래오래 듣는 일을 잘하는, 참을성 많은 귀를 가진 사람이었다.

자신의 말을 경청하는 모습에 어쩐지 기분이 좋아진 아빠는 급기야 결혼 날짜를 공표했다.

"6월 1일에 결혼해라. 6+1=7. 럭키세븐!"

나는 황당해서 "아빠!" 하고 빽 소리를 질렀다. 애인과 결혼까지 생각한 건 맞지만, 결혼에 아주 확신은 없었기 때문이다.

아빠가 말한 6월은 내년도 아닌 3개월 뒤였다. 내 결혼이 이렇게 쉽게 정해질 일인가. 모두가 축배를 드는 가운데, 나는 혼돈 속에 있었다.

토마토가 멋쟁이인 이유

번갯불에 콩 구워 먹듯이 결혼을 했다. 결혼을 결정짓기까지가 어려웠지 이후에는 일사천리였다. 마치 역을 몇 개씩 지나치는 급행열차에 몸을 실은 기분이었다. 오버 좀 보태서, 눈떠 보니 신부 대기실에 앉아 있었다.

과연 이 결혼 맞는 걸까. 나는 결혼 일주일 전, 엄마에게 이 수상하고 불안한 느낌을 토로했다. 엄마는 나지막이 말했다.

"기왕 이렇게 된 거, 그냥 해라."

마치 다 왔는데 피곤하게 굴지 말라는 말처럼 들렸다. 내가 왜 그렇게 생각하는지, 불안을 덜어 줄 위로의 말을 예상했건만 단호한 엄마의 말에 적잖게 당황을 했다. 그렇게 아빠가 말한 행운의 날짜, 6+1=럭키세븐(7)이라는 공식에 맞춰 행운의 6월 1일에 결혼했다.

결혼을 했다고 나란 인간이 달라진 건 아니지만 삶의 많은 것이 변화했다. 가끔씩 연락을 주고받던 남자 친구들과의 연락이 완전히 단절됐고, 친구들과의 대화 주제도 크게 변했다. 임신과 출산 정보, 시댁 가족들 이야기가 자주 입에 올랐다. 앞으로 쓰게 될 글이나 하고 싶은 일에 대해선 아무도 궁금해하지 않았다. '결혼'이라는 하나의 세계가 열리고, '창작'이라는 오래 알고 지내던 세계가 서서히 닫히는 느낌이었다.

결혼한 지 한 달 만에 아기를 가졌다. 그런데 내 몸에 또 다른 생명이 살아 있다는 경이로움은 잠시, 아기를 품고 있는 40주의 시간은 내가 마음껏 글을 쓸 수 있는 마지막 시간이 될 것이라는 생각이 들었다. 태교는 뒷전, 출산 전에 희곡 한 편을 완성하겠다는 계획을 세우고 글을 쓰기 시작했다.

임신 기간 동안 〈이야기 목마를 타고〉라는 제목의 희곡을 쓰고 청소년 희곡 공모전에 제출했다. 배 속 아기의 세상을 상상하며 쓴 이야기였다. 심사평이라도 듣고 싶다는 생각이었지만,

종합 심사평에 이름조차 올리지 못했다.

아이가 태어났다. 세상 세, 예쁜 연. 세상에 예쁜 아이, '세연'이라는 이름을 붙여 줬다. 배 위에 놓인 아이의 체온을 느끼는 순간 형용할 수 없는 감정이 밀려왔다. "보람아~" 하고 태명을 불러 주자 마치 미소를 짓는 것만 같은 표정으로 아기가 나를 봤다. '앞으로 고생할 테니 잘 부탁해' 하는 무언의 메시지를 보내는 것 같아 웃음이 났다.

조리원에서 몸을 추스르는 동안 읽으려고 가져온 책이 있었다. 박완서 작가의 《세상에 예쁜 것》이라는 산문집이었다. 가만 보니 딸 아이 이름의 뜻과 같았다. 나는 운명처럼 책을 펼쳤다.

1931년 경기 개풍에서 태어난 박완서 작가는 마흔이 되던 해 소설 〈나목〉이 당선되어 등단했다. 마흔에 등단. 나는 그 부분에 밑줄을 쳤다. 프로필만으로도 위안을 받을 수 있다니.

그 후 오늘날까지 꾸준히 많은 글을 쓸 수 있었던 것은 쓰지 않고 보통으로 평범하게 산 동안이 길었기 때문이기도 했다. 그러나 처음 먹은 마음, 초심은 나도 모르는 나의 깊은 곳에서 우러난 운명 같은 것이었다고 생각한다.

— 박완서, 《세상에 예쁜 것》에서

시큰거리는 손목에 보호대를 차고, 며칠 전 꿰맨 회음부가 얼얼해 동그란 도넛 방석에 앉아서, 아이에게 젖 먹이러 오라는 수유콜을 기다리면서 책을 읽었다. 꾸준히 글을 쓸 수 있었던 것은 '평범하게 산 동안이 길었기 때문'이라는 문장을 여러 번 곱씹었다. 아이를 낳고 한동안 글을 쓸 수 없을 것이라는 작가로서의 불안과 초조가, 지금을 잘 살아 내면 다음에 쓸 글이 있을 것이라는 희망으로 아주 천천히 번져 나갔다.

한동안 육아에만 집중했다. 서툴지만 엄마라는 역할을 해내야 했으니까. 아이에게 젖을 먹이고 재웠다. 아이가 먹고 자는 데 온 힘을 들이고 신경을 썼다. 아이의 성장에 필요한 것을 놓치지 않고 잘해 주고 있는 것인가, 막연한 불안감이 들 때도 많았다.

아이는 콩순이 동요 동영상을 보여 주면 가만히 화면만 봤다. 그 동영상은 나의 비장의 카드가 되었다. 다 합쳐 7분가량 되는 영상. 아이에게 밥을 먹이고 영상을 틀어 놓으면 그제서야 나도 온전하게 내 밥을 먹을 수 있었다. 밥 시간을 보장해 주는 고마운 동요 메들리. 그런데 그중 어느 동요가 나의 심금을 후벼팠다.

나는야 주스 될 거야 (꿀꺽)

나는야 케챱 될 거야 (찍)

나는야 춤을 출 거야 (헤이)

멋쟁이 토마토

바로 〈멋쟁이 토마토〉라는 동요였다.

노래를 들으면서 토마토는 하고 싶은 게 참 많은 녀석이구나 싶었다. 주스도 되고 싶고 케챱도 되고 싶고 춤도 추고 싶은 토마토. 가만 듣고 있자니 참 심오한 노래였다. 동요 〈멋쟁이 토마토〉는 꿈과 가능성을 노래하고 있었다. 나는 토마토를 카레에 넣어 먹으면 맛있다는 걸 알기 때문에 토마토에게 다가가 '카레'라는 선택지를 귀띔해 주고 싶은 마음이 들기도 했다. 어쨌든 누군가의 허기를 달래 줄 먹거리가 되겠다는 토마토의 희생정신을 상상하면 조금 눈물이 날 것 같았다. 그나마 마지막 토마토는 춤을 출 것이라고 선언했으니 다행인 걸까.

"커서 뭐 될래?"

어릴 적에는 꽤 자주 들었던 질문이다. 덕분에 오랫동안 뭐가 되는 일에 대해서 생각했다. 이미 다 커서 뭔가 됐음에도 끝없이 더 나은 '뭐'가 되어야 한다고 믿었다. 마치 세뇌를 받은 사람처럼 좀 더 다른 곳을, 좀 더 높고 그럴싸해 보이는 곳을 서성였다. 무언가 되어야 한다는 말은 미래와의 약속인 동시에 지금의 상태를 인정받지 못한다는 현실인식이기도 했다. 이 어정쩡한 상태를 만족으로 여겨선 안 된다는 높으신 멘토들의 이야기들도 한몫했다. 현재에 만족하지 말라, 더 큰 꿈을 꾸어라…….

그런 말을 들으면 내가 꾸는 꿈들이 매사 너무 작게 느껴졌다. 이를테면 나는 자유형 마스터가 되고 싶다. 수영 초급반에서 3개월 동안 머무르면서도 물을 무서워하는 바람에 몸이 물에 뜨지도 않았지만, 언젠가는 물속을 부드럽게 유영하고 싶다. 그리고 또, 플라스틱을 덜 쓰고 고기를 덜 먹는 사람이 되고 싶다. 말실수를 적게 하는 어른이 되고 싶다. 늙어서도 유머를 잃지 않는 사람이 되고 싶다. 동화책을 쓰고 싶다. 자신감 있고 우아한 태도를 가지고 싶다. 운전면허를 따고 싶다…….

이제는 아무도 나에게 꿈을 물어보지 않는다. 정확하게 따지자면 결혼을 하고 아이를 낳고부터 사라진 질문이다.

꿈을 묻는 일이 왜 이렇게 귀한 일이 됐을까.

중년에 접어들어서, 또는 결혼을 했다는 이유로, 혹은 아이를 낳고 돌보고 있기 때문에? 어떤 꿈은 놀이터에서 뛰어노는 아이들을 보면서도 생기고(마음 맞는 동네 친구가 생겼으면 좋겠다), 일요일 오전 TV에서 여행 프로그램을 보다가도 생긴다(언젠가 갈 해외여행을 위해 영어회화를 공부해 볼까?).

토마토 앞에 '멋쟁이'가 붙은 데는 분명한 이유가 있다. 토마토는 하고 싶은 것이 있는 존재이기 때문이다. 아파트 베란다 텃밭에 매달려서도 케첩이 되고 싶다는 꿈을 꾸고, 수확기가 지나고 비닐하우스에 쓸쓸히 남겨졌는데도 주스가 되고 싶으며, 줄기에 가만히 매달려서도 온몸을 격렬하게 흔들며 춤추고 싶다. 때로는 허황된 꿈이라도, 손에 잡히지 않을 먼일이라도 토마토들은, 하고 싶은 것이 있다. 나도 그렇다.

이름 없는 방

복층 집으로 이사 오면서 남편에게 2층 방 두 칸 중 하나는 작업실로 삼겠다고 선언했었다. 신혼 때부터 쓰던 책상에 그동안 썼던 글 뭉텅이들을 야심차게 꽂아 뒀다. 반드시 글을 쓰겠다는 야무진 의지의 표명이었다.

3년이 흘렀다. 그동안 작업실은 삼 남매의 놀이터가 됐다. 책상은 높이뛰기용 지지대가 됐고, 의자는 빙빙 돌아가는 놀이기구가 됐으며, 필기구와 잡다한 자료가 들어 있는 서랍은 아이들이 꺼내 보지 못하게 아예 테이프로 봉쇄하게 됐다. 차마 작업실이라고 부르기 미안한 공간.

공교롭게도 재능 검증의 시간 10년이 훌쩍 지났다. 애매한 재능의 소유자라는 것을 탕탕탕 검증받았으니 이제 무엇이 남았나. 커 가는 아이들을 생각하면 어서 돈 되는 일을 찾아서 해야 하는 게 아닌가 싶다. 남편은 넌지시 말했다.

"당신은 사교육이 어울려."

글쓰기 수업을 하면 지금보다 돈을 더 벌 수 있을 확률이 높다. 남편에게도 꿈이 있다. 글쓰기 학원 입구의 셔터를 열고 카운터를 지키는 사람이 되는 꿈. 아무렴, 철강 영업사원인 남편은 학원 사무 일도 분명 잘 해낼 것이다. 학부모들에게 카드를 받아 학원비를 결제하고 수업에 관해 설명하는 남편의 모습이 눈에 선하게 그려진다.

인생의 중요한 것을 놓쳐 가면서 미련하게 글쓰기를 붙들고 있는 게 아닐까 불안함이 늘 있었다. 여덟 살 딸과 여섯 살 쌍둥이 형제를 돌보는 일만으로도 일상은 벅찼고, 무엇도 되지 못한 혼자만의 글쓰기가 즐겁지 않았다. 스스로 괴로운 일을 계속 이어 가야 하는지 때때로 회의가 밀려왔다. 어떤 결정이 필요한 시점인지도 몰랐다. 서점에만 가도 대단한 작가들의 신간이 쏟아지고, 그걸 다 읽는 시간도 부족한 마당에 나까지 써야 하냔 말이다. 나는 자기합리화에는 일가견이 있는 사람으로, 글을 쓰지 말아야 할 이유를 찾자면 또 자신이 있었다.

햇빛이 쏟아지는 카페에서 친구이자 좋아하는 작가 달님에게 이런 넋두리를 늘어놓았다. 가만히 듣던 달님 작가는 제안을 했다.

"우리 매일 세 줄씩만 써서 서로에게 보내 볼까요?"

"부담되면 딱 100일만. 아니면 한 달만이라도 어때요?"

달님 작가는 재차 설득했다. 마지막이라는 생각으로 한번 해 볼까? 마음이 흔들렸다. 100일이면 3개월이다. 10년 넘게 글을 써 오고 있는데 3개월 꾸준히 쓴다고 뭐가 달라질까 싶었지만 얼떨결에 알겠다고 말하고 말았다.

약속하고 돌아온 저녁, 2층 작업실을 청소했다. 둘 데가 없어 책상 옆에 쌓아 두었던 이불 더미들을 차곡차곡 정리하고, 놀이 매트도 밖으로 끄집어냈다. 책상 위의 장난감들과 방심하고 걸었다가는 악! 소리 나게 만드는 뾰족한 레고 부속품도 제자리로 보냈다. 오늘 밤은 여기서 써야지. 암시를 걸면서 환해진 작업실을 바라봤다.

　코로나 19 사태가 길어지면서, 삼 남매가 어린이집에 가지 않는 날이 많아졌다. 낮에 아이들을 돌보면서 글쓰기는 불가능에 가까웠다. 노트를 펼쳐 뒀다가 그대로 집어넣고는 했다. 마음을 비우고 낮에는 글을 쓰지 않았다. 대신 저녁에 어린이들을 다 재우고 다시 일어났다. 1층에서 2층까지 30초도 안 걸리는 거리가 심리적으로는 문밖을 나서는 것처럼 멀게 느껴졌다. 따뜻한 이불 속에 몸을 넣어 둔 채로 네모난 휴대폰 화면 속에 정신을 유예하고 싶은 심정이 굴뚝같았다. 그래도 시작한 지 이틀 만에 째 버리면 너무 창피하니까, 양말을 꺼내 신고 두툼한 점퍼를 입고 2층으로 올라갔다. 난방하지 않는 2층은 늘 서늘했다. 그 서늘함이 무섭다가도 의자에 엉덩이를 붙이고 쓰다 보면 친근해졌다. 할 말이, 쓸 글자가 생겨났다.
　책상 위에는 연애할 적 내가 찍어 준 남편의 사진이 작은 액자에 담겨 있다. 환하게 웃고 있는 모습을 물끄러미 쳐다본다.
　"안 써도 괜찮고, 써도 괜찮다."
　남편이 할 수 있는 말은 늘 그 정도다. 그런 당신을 이겨 버리겠다는 생각으로 글을 썼다.

주말을 제외한 평일 5일, 오픈 채팅방인 '쓰는 숨달'에 꾸준히 글을 전송했다. 물론 아이들이 아파서, 또는 컨디션이 좋지 않아서 건너뛴 날도 있었지만 제법 꾸준하게 글을 보냈다. 서로의 글에 굳이 피드백은 하지 않아도 좋다고 조건을 걸었지만, 보내고 나면 돌아올 달님 작가의 반응이 너무 궁금했다.

[재밌어요]

[너무 좋다]

단 네 글자에 웃음이 났다. 물론 항상 좋은 말이 돌아온 건 아니지만. '좋다'는 말을 들을 때면 너무 신이 나서 내일은 더 재밌는 이야기를 들려주고 싶다는 의욕이 불타올랐다. 특히 좋은 문장들을 하나씩 짚어 줄 때면 마치 숭숭 뚫린 작가 혼에 습윤 밴드가 발라지는 것 같았다. 새 살이, 새 글이 차오를 수 있게 도와주는 것만 같았다. 어떤 날은 'ㅋ'이 뭉텅이로 찍히고, 어떤 날은 혼자 보기 아깝다는 말이 담겼다. 달님 작가의 꾸준한 반응에 나는 놀랍게도 다시 글쓰기에 재미를 느끼기 시작했다.

《아라비안 나이트》의 세헤라자데는 밤마다 목숨을 걸고 왕을 위한 재미난 이야기를 지어낸다. 나도 단지 한 사람을 웃기고 울리고 싶다는 욕망으로 글을 썼다. 인생에서 가장 인상적인 사건들을 들려준다는 생각으로. 어떤 날은 미완의 문장을, 어떤 날은 몇 페이지나 되는 글을 보내기도 했다. 어떤 글은 너무 솔직했다. 그렇게 40편이 넘는 글이 쌓일 줄은 달님도 나도 예상하지 못했다.

대단한 일

평일 5일치 신문이 모이면 동네 우동가게에 전해 준다. 동네 친구, 아영의 가게다. 주방장인 아영의 남편은 내가 받아 보는 신문이 갓 튀긴 돈가스와 튀김을 받쳐 두기에 딱이라고 했다. 〈교차로〉는 너무 얇고, 〈경남도민일보〉가 두껍고 좋다고. 이제 신문지 가져오기는 당신의 의무라고 못 박아 말하는 통에 적당량의 신문지가 모이면 챙겨서 우동가게로 향한다.

오전 10시의 우동가게는 점심 손님 맞을 준비로 바쁘다. 주방에서 탁탁탁 칼질 소리가 들리고 육수 끓이는 냄새가 난다.

서빙과 계산을 담당하는 아영은 밀대로 테이블과 테이블 사이, 그리고 허리를 숙여야 보이는 테이블 아래를 샅샅이 닦는다. 고무장갑을 끼고 장화를 신고 구슬땀을 흘리며 청소한다.

가게에는 테이블이 아홉 개 있다. 야외 테이블까지 합치면 모두 열 개다. 오전 11시 40분부터 오후 1시까지는 하루 중 가장 바쁜 시간이다. 아영은 혼자서 모든 테이블을 오가며 주문을 받고, 음식을 서빙하고, 계산했다. 그리고 오후 3시가 되면 늦은 점심을 먹는다. 그때가 되면 너무 배가 고파서 반찬보다 밥을 많이 먹게 된다고 했다.

아영과 친해진 게 남편에겐 '2018년도 수미가 가장 잘한 일'로 꼽을 정도로 인상적이었나 보다. 그냥 친구를 사귀기도 힘든데, 아이들 나이도 비슷하고 취향과 육아 성향도 잘 맞는 엄마 친구를 만나는 건 정말 까다로운 일이 맞다. 함께 유아차를 밀며 지나가는 엄마 친구들을 보며 부러움을 느낀 나는 여러 번 친구 만들기를 시도해 봤지만, 단기 만남에 그치고 말았다.

쌍둥이들이 어린이집에 입학하고, 함께 육아하던 엄마가 집으로 돌아가고 나자 고달픔이 커졌다. 함께 아이들을 돌보던 어른이 한 명 더 있다 없으니까 두 배로 힘든 느낌이었다. 그래도 잘해 보자고 단단하게 마음을 부여잡고 하루하루를 보냈다.

어린이집을 마치고 무엇을 하면 좋을까. 시간을 때우기 위해 근처 공원을 자주 찾았다. 가을바람이 솔솔 불어오는 언덕 위에 서서 아이들이 뛰어노는 모습을 보는데 이상한 외로움이 찾아왔다. 아니, 남편도 있고 애도 셋이나 키우는데 뭐가 외롭냐고 반문한다면 할 말이 없지는 않다. 가장 가깝다고 생각하는 사람이 옆에 있는데 느끼는 외로움은 뭐랄까, 더 X 같은 법이다. 참 이상한 일이지. 날씨도 기가 막히고, 아이들은 잘 뛰어놀고, 태클을 거는 사람도 없었다. 그런데도 외로운 이유는 뭘까. 센티해지는 것과는 다른 기분이었다. 뜨끈한 대화를 하고 싶다는 생각이 들었다.

그때 한 여자와 함께 두 아이가 킥보드를 타고 공원으로 들어왔다. 엄마와 아이 둘, 눈에 익은 세 사람이었다. 우동가게를 운영하는 집. 나는 우동가게의 단골이기도 했고, 아침에 세 사람이 유치원 버스를 기다리는 모습을 목격한 적도 여러 번이었다. 그때는 패딩을 입고 털모자를 쓴 채로 서 있는 아이를 보고 우리 집 첫째와 또래겠다는 짐작만 했었는데.

급한 사람이 우물을 판다고, 친구가 필요한 사람이 먼저 말을 걸고 말았다.

"우동가게 하시는 분 맞죠?"

아영은 누군가 자신에게 말을 걸어 주길 기다린 사람처럼 묻는 말에 금방 대답했다. 우리는 서서 아이들을 지켜보면서 이야기를 나누다가 번호를 교환하고 집에 가서 함께 스파게티를 만들어 먹었다. 스파게티 소스가 넉넉하게 있어 다행이었다. 배부르게 먹은 우리는 다음을 기약했다.

그다음 번엔 운동장에서 만났다. 공놀이를 하자는 말에 서로 집에 있는 여러 가지 공을 챙겨 나왔다. 세 살 쌍둥이와 아영의 일곱 살 아들과는 수준차가 있었지만, 아이들도, 어른들도 아직은 어색하고 뻘쭘한 분위기 속에, 서로에게 던질 공이라도 있다는 게 얼마나 다행인지. 골대 뒤에서 아이들이 던지는 공을 계속 다시 던져 주다가 수북하게 쌓인 낙엽을 서로에게 날리기 시작했다. 우리가 서로에게 맞는지, 시간을 통해 알아 가고 있는 듯했다. 쉽게 헤어지면 다시 쉽게 만나지 못할 것 같아서, 그 시간에 최선을 다했다.

아영과 나는 지금 3년째 만나 오고 있다. 가끔 우리는 킥보드를 타고 달려 나가는 아이들의 뒷모습을 보며 많이 컸다고 회한에 젖는다. 그럼 누군가는 "우리 그때 어떻게 아이들 키웠죠, 진짜?"라는 말로 장단을 맞춘다. 다투기도 하고, 서로 다시는 안 만난다고 싸우고, 보고 싶다고 울기도 하고. 아이들은 그렇게 서로에게 익숙해졌고 우리들 또한 마찬가지다.

나는 아영에게 종종 '대단하다'는 말을 한다. 매일 태연하고 당연하게 흘러가는 것만 같은 아영의 하루를 하나씩 살펴보면 대단한 일투성이다. 아침에 가족이 먹을 것을 준비하고, 운전해서 두 아이의 등원과 등교를 시키고, 돌아와 가게 오픈을 준비하고 밀려드는 손님을 맞는다. 오후 3시가 돼서 점심을 먹고, 하원한 아이들을 돌본다. 공원에 데려가기도 하고, 피아노 학원에 태워다 주기도 한다. 한글 공부와 수학 공부를 봐 주고, 일주일에 한 번은 다 함께 요가를 한다. 두 아이를 씻기고 저녁을 차려 먹고 모두가 잠자리에 들면 비로소 TV를 보며 맥주 캔을 따거나 틈틈이 영어 공부를 한다.

매일 할 일들이 빼곡한 일상에 아영이 영어 공부를 하는 이유는 뭘까, 한번은 물어본 적이 있다.

"지금은 안 되겠지만, 언젠가 도움이 될 거라고 믿어요."

그 말에 난 어김없이 "진짜 대단해요"라고 말할 수밖에 없었다. 보이지 않는 미래를 준비하는 게 어리석은 일이 아니라는 걸 아영을 통해 배운다.

하지만 이런 아영이 인정받는 일은 드물다. 하루는 가게 옆 한의원을 운영하는 한의사가 말했다고 한다.

"일도 하고, 아이도 돌보고, 볼 때마다 참 강골이라고 생각합니다."

그 말을 전해 주며 아영이 말했다. 아무도 안 알아주는 일을 한다고 생각했는데, 그렇게 남이 말해 주니 감동이더라고.

누군가를 돌보는 일은, 살림은, 시지프스의 바위를 굴리는 것처럼 지겹게 반복된다. 누군가 씻고 난 자리의 물기를 닦고, 벗은 옷을 빨아서 개고, 철마다 필요한 옷을 사고. 누군가의 일상이 제대로 작동되기 위해서 행해지는 그림자 같은 노동들. 아영과 나는 그 고단함을 서로 잘 알고 있었기에 '대단하다'는 말을 아끼지 않았다.

하루는 아영이 스티브 잡스의 스탠퍼드대학교 졸업식 축사에서 인상적인 구절을 이야기해 준 적이 있다. "Stay hungry, stay foolish(계속 갈망하라, 바보처럼 우직하게)." 영어를 잘 모르는 나에게는 한글로 말했지만, 아영은 그 말을 영어로 할 수 있었다. 역시 대단한 일이었다.

(6장)

하고 싶어서,
살고 싶어서

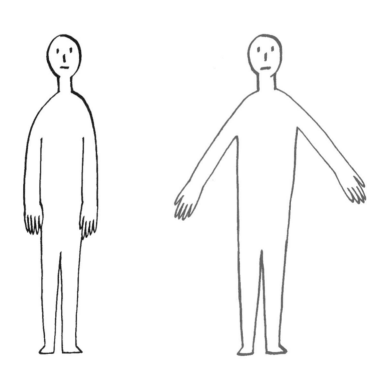

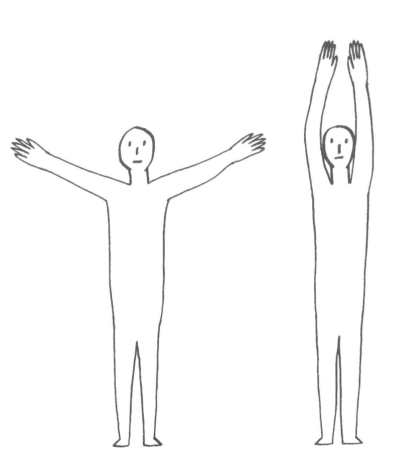

당신은 페미니스트인가요?

"페미니스트인가요?"

열아홉 살 때 이런 질문을 받아 본 적이 있다. 창원 청소년 영상학교 선생님의 도움을 받아 친구들과 함께 〈생리해 주세요〉라는 페이크 다큐멘터리를 만들었을 때다. '왜 사람들은 생리라는 말을 피할까? 생리는 왜 이토록 말하기 껄끄러운 주제일까?' 평소의 의문에서 시작한 영화였다. 남자 선후배에게 생리대를 착용해 보게 하고, 엄마와 친구들을 비롯한 다양한 연령대의 시민에게서 생리에 대한 생각을 듣기도 했다. 그때 처음

밤을 새워 봤다. 토스트 하나를 먹으면서 밤새 편집해서 다큐멘터리를 만들었다. 무언가 만드는 일의 고단함과 기쁨을 이른 나이에 알았다.

〈생리해 주세요〉는 제8회 여성영화제에서 '여성신문상'을 받았다. 예상하지 못한 큰 상이었다. 상을 계기로 인천에 있는 시민방송 RTV의 한 시사교양 프로그램에 초대를 받았다. 친구와 나는 스튜디오 의자에 나란히 앉았다. 방송 대본에는 다큐멘터리의 연출을 맡은 친구와 구성을 맡은 내 이름이 적혀 있었다. 대본에 적힌 우리 이름이 생소했다. 사회자는 평소처럼 편안하게 이야기하면 된다고 말하며 웃었다. 떨렸지만, 무사히 방송을 마칠 수 있었다.

방송이 끝나고 제작진과 차를 마셨다. 동그란 테이블에 앉아 방송에서 다루지 않은 우리들의 이야기를 했다. 어느 대학을 가고 싶고, 무엇이 되고 싶은지에 관한 이야기. 질문에 대답하는 우리가 굉장히 건실한 청소년처럼 느껴졌다. 그때 여성 사회자가 질문을 던졌다.

"두 분은 페미니스트인가요?"

당시 친구의 대답은 기억나지 않지만 나는 잠시 생각해 보다 "아니요"라고 대답했다. 페미니스트는 여성운동을 활발히 하는 사람에게만 붙여지는 이름이지, 겨우 생리를 주제로 다큐멘터리 한 편 만들었다고 붙을 수 있는 이름은 아니라고 생각했다. 여성 사회자는 "그렇구나" 하고 조금은 아쉬운 듯한 표정으로 고개를 끄덕였다. 혹시 잘못 대답한 걸까. 속으로 걱정이 됐다. 제대로 대답을 하지 못한 것 같았다.

　'나는 페미니스트일까?' 이 질문은 살면서 나를 따라다녔다. 잊을 만하면 생각나는 질문이었다. 임신, 출산, 육아를 거치면서 나의 온몸이 원하는 건 바로 페미니즘임을 알 수 있었다. 그 과정에서 달라지는 몸에 나는 바보처럼 무지했다. 산부인과 자연분만이 회음부를 찢는 과정을 포함하고 있다는 사실도 알지 못했다. 쌍둥이 임신은 요실금을 가져왔으며, 모유 수유를 할 때마다 젖꼭지가 너무 아파서 눈물이 찔끔찔끔 났고, 젖이 차올라 퉁퉁 부을 때는 그냥 다 때려치우고 싶었다. 아이를 안고 있는 엄마의 평화로운 모습 같은 모성애만 학습했으니 이 과정이 모두 당황스러울 수밖에.

　남편이 퇴근하기 전까지 혼자 아이를 돌보는 긴 시간. 수상하게도 세상에 잊히는 기분이 들 때면 틈틈이 비슷한 상황의 여성들의 이야기를 찾아 읽었다. 인터넷 맘카페도 그중 하나였다. 육아하며 모르는 것이 있을 때 가장 먼저 찾는 곳이기도 했다. 종일 독박 육아의 고단함, 삼시 세끼 밥을 차리는 가사노동의 지겨움, 아이를 재우고 '육퇴(육아퇴근)'를 외치는 글을 읽으며 공감했다. 어째서인지 여성들의 목소리는 세상 밖으로 나가지 못하고 카페 안에서만 맴맴 도는 걸까 싶은 생각이 들기도 했다.

맘카페가 사랑방 같은 이미지라면, 트위터는 다양한 여성의 이야기를 들을 수 있는 통로였다. 하지만 기혼 유자녀 여성이란 이유로 조롱의 대상이 되거나, 심지어 배제되는 일도 목격할 수 있었다. 과격하게는 기혼 여성은 가부장제를 쌓아 올린 벽돌이며, 가부장제의 부역자라는 표현을 보고 할 말을 잃기도 했다. 그럼 기혼에다 아이가 셋이나 있는 나는 페미니스트 자격 박탈이란 말인가. 과연 어떤 여성을 배제하는 것이 페미니즘일까.

그즈음 드로잉 작가 박조건형 씨가 내게 《빨래하는 페미니즘》, 《모두를 위한 페미니즘》이라는 책을 선물했다. 나는 책에 밑줄을 그으며 읽었다. 인종도, 쓰는 언어도 다 다르지만 여성들의 이야기는 닮은 데가 있었다. 외로움이 차츰 잦아들었다. 고독한 육아생활에 페미니즘이란 한줄기 빛이 찾아든 것 같았다.

나는 마음속에 켜켜이 쌓이는 말들을 뭉쳐 '공공의 젖'이란 제목으로 〈경남도민일보〉에 기고했다. 첫 아이를 낳으면서 부대끼는 몸과 마음, 출산과 육아를 거치며 벼락같이 쏟아진 세상의 모습을 썼다. 신문에는 나처럼 아이를 키우며 사는 평범한 여성의 이야기는 잘 나오지 않았다.

몇 주 뒤에 신문사로부터 정기적으로 칼럼을 싣고 싶다는 전화가 왔다. 유명세가 있는 것도 아니고, 칼럼을 써 본 적도 없지만 거절하지 않았다. 나는 분명히 할 말이 있는 사람이었으니까. 살면서 물음표가 뜨는 모든 일이 글감이었다. 그래서 7년째 〈경남도민일보〉에 칼럼을 기고할 수 있었다.

나처럼 아이를 낳고 키우는 여성의 이야기를 공식적인 지면에서 보고 싶다는 바람, 다양한 여성의 이야기가 늘어나길 희망하는 마음을 담아 칼럼을 쓴다. 마치 작은 마이크를 획득한 기분으로. 그게 나를 살리는 일이자 세상을 향해 몸을 확장하는 일이라고 믿는다.

칼럼 쓰기는 한 가지 질문에 오래 대답하는 일이다. 재활용 쓰레기 문제를 담은 〈이상한 목요일〉, 가부장제 사회에서 살아가는 일을 쓴 〈가부장제 브레이커〉, 미투에 대한 생각을 정리한 〈가해자의 시간〉 등 7주 간격으로 한 편씩 글을 기고했다. 한 가지 주제에 대해서 마감일까지 오래 생각해 보는 게 좋았다. '아주 조금만 더 나아가자'라는 심정으로 쓰는 것이 칼럼이었다.

나는 앞으로도 창원이라는 도시에서 아이를 키우며 사는 여자의 이야기를 계속 쓸 것이다. 내게 페미니즘이란 사회적 약자의 목소리를 찾는 일이다. 목소리를 내는 방법이 곧 글인 것이다.

나는 페미니스트다.

보통 엄마 선언

누구에게나 하루 24시간이 공평하다고 하는데, 육아하면서 그게 아니라는 생각이 든다. 다른 일과 달리 돌봄의 영역은 눈떠서 다시 잠들 때까지 이어진다. 퇴근과 출근의 개념이 없다. 아이가 아플 때는 밤새 보초를 서는 게 당연하다. 누군가 말하는 '애 보면서 노는 일'은 밥 차리고 빨래하고 청소하고 난 후의 자투리 시간에나 가능하다.

작가로 살아남기의 고민보다 인간으로 살아남기를 고민하던 신생아 돌봄 시절. 글을 쓰지 못하고 책을 읽지 못하는 시간이 길어지는 게 불안하다고 말할 때면 엄마는 말했다.

"걱정하지 마라. 글은 아이들 다 키워 놓고 쓰면 된다."

그 말은 기약 없는 위로처럼 느껴졌다. 아이들이 얼마나 커야 글 쓸 시간을 확보할 수 있을까, 적어도 혼자의 몸으로 무언가 할 시간을 갖게 될까.

나는 쌍둥이 형제가 세 살에 접어들면서 어린이집에 보내기로 했다. 주변에서는 아직 말도 제대로 못 하는 아이를 어린이집에 보낸다고 우려했지만, 다짐을 굳혔다. 엄마라는 이름으로 불리면서 잊힌 나의 것을 재빨리 되찾고 싶었으니까. 그렇게 세 살에 접어든 쌍둥이 형제와 다섯 살 큰딸이 같은 어린이집에 가기 시작했다. 오전 9시 등원, 오후 4시 30분 하원이었다.

어린이집에 아이들을 데려다주고 나면 카운트다운이 시작되는 것 같았다. 오후 4시 30분이 되면 모두 사라지는 자유. 그동안 하고 싶었던 일을 몰아서 해야 한다는 강박에 시달렸다. 육아할 때보다 더 피곤하게 몸을 움직였다. 모래시계의 모래알이 모두 떨어지기 전에 하고 싶은 것을 해야 했으니까.

어린이집에 아이들이 등원한 날에는 듣고 싶었던 여성주의 강의와 영화를 보고 글쓰기도 할 수 있었다. 각종 매거진 기사

쓰는 일도 수락할 수 있었다. 취재를 가고 원고를 써서 돈을 버는 일이 좋았다. 육아라는 정확히 측정되지 않는 노동의 세계에서 일하는 기분보다 투명하게 계산되는 세계에게 일꾼이 되는 자긍심이 더 좋았다.

하루 대여섯 시간의 작업 시간이 생겼지만 글쓰기의 고비는 자주 찾아왔다. 내가 '좋은 엄마'가 아니라는 생각이 들 때마다 글쓰기를 그만둬야 할까 갈등했다. 훈육한다는 이유로 나의 스트레스를 아이들에게 투영할 때, 여느 육아 인스타그래머와 블로거 들처럼 번듯한 1밥 1국 3찬을 차려 내지 못할 때, 책 읽어 달라며 떼쓰는 아이들을 거절할 때. 그럴 때마다 '엄마답지 못함'에 자괴감이 밀려왔다. 엄마 노릇도 제대로 못 하는데 글까지 쓴다고 스스로를 괴롭히니, 얼마나 어리석은가. 지금이라도 글쓰기를 포기하고 좋은 엄마가 되어야 한다고 생각했다.

어느 날은 일을 마치고 밤에 돌아온 육아 파트너, 남편에게 고해성사하듯이 하루의 못남을 고백했다. 아이들에게 소리 지르고 엉덩이를 때렸다고. 감당하지 못할 일을 매일 억지로 해나가는 기분에 세상에서 사라지고 싶은 생각이 굴뚝같던 때였다. 남편은 내 등을 연신 쓸어 넘기며 따뜻한 말들을 건넸다. 그런 남편에게 안도감을 느끼면서도 마음 한쪽에 의문이 동그랗

게 떴다.

'왜 당신은 한 번도 자신이 좋은 아빠가 아니라고 의심하지 않을까. 괴로워하며 우는 일이 없을까.'

그러자 번뜩 정신이 들었다. 주말에 짜파게티만 끓여도 요리사가 되는 아빠와 육수를 내어 밥상을 차려 내도 보통 엄마인 이 세계가 수상하게 느껴졌다.

큰아이를 낳기 전, 배 속 아이에게 쓴 편지가 있다. 편지에서 우리 부부는 각각 재밌는 엄마, 닮고 싶은 아빠를 약속했다. 그랬던 나는 이제 그냥 보통 엄마가 되기로 결심한다. 좋은, 재밌는, 현명한. 모든 좋은 수식어를 뗀 그냥 엄마. 딱 보통의 엄마. 스스로를 괴롭히고 연민하는 일에서 서서히 벗어나고 싶다. '좋은 엄마 되기'라는 두껍고 질긴 강박을 집어던지고 싶다. 엄마이기 이전에 나로 살기를 포기하지 않는 사람이 되고 싶다.

(이 글은 주말 아침, 어린이들이 거실에서 TV 만화 시리즈 〈헬로 카봇〉을 보는 동안 옆에서 썼다. 틈틈이 물을 떠 주고, 색연필과 종이를 가져다주고, 모음과 자음을 묻는 말에 대답하며, 내 등에 얼굴을 부비고 노트북 타자를 쳐 주는 아이를 말려 가면서.)

매일 아침의 레이스

삼 남매를 어린이집에 등원시키고 집으로 돌아오면 20분 전의 소동이 무색하게 적막하다. 벗어 놓은 내복과 먼지가 나뒹구는 안락한 거실. 바로 대자로 뻗고 싶은 충동을 누르고 요가 매트를 깔아 스트레칭을 한다. 그리고 그대로 좀 누워 본다. 한번 누우면 끝장이라는 걸 알면서도 누린다. 아무것도 하지 않아도 되고, 아무도 나를 부르지 않는 자유. 천국이 있다면 여기다.

'이제 일어나자, 일어나자, 일어나야 한다.' 세 번쯤 마음속으로 주문을 외우고 나서야 어렵게 기지개를 켜고 청바지로 갈아

입는다. 추운 건 질색이라 따뜻하게 차려입는 게 좋다. 도톰한 양말과 얇은 목티, 기모가 든 남방에 도톰한 점퍼까지 입으면 중무장이다. 더 추워지면 여기에 장갑을 추가.

백팩을 메고 약수터 어르신들처럼 씩씩하게 팔을 휘저으며 걷는다. 11시에 문을 여는 사격장 근처 카페까지 걸어가기 위해서다. 왕복 한 시간 거리의 카페. 누구는 한 시간을 길에 버릴 바에 집에서 쓰는 게 낫지 않냐고 묻지만, 카페 글쓰기는 날이 갈수록 무거워지는 엉덩이를 위한 걷기 처방전이자 무기력을 이겨 내기 위한 방법이다.

커피를 마시는 일이, 망설여지는 작은 사치에서 일상으로 넘어간 것은 최근이다. 예전에는 커피를 마시는 동안 누군가에게 쇠를 팔기 위해 쓴소리 단소리 다 들으며 고생할 남편의 얼굴이 떠오르고, 어린이집에 가 있는 아이들이 눈에 밟혔다. 그들이 나름의 고군분투를 하는 동안 한 잔에 5,000원 하는 커피를 마시며 돈도 안 되는 글을 써도 좋은가.

1년 전부터 다니는 정신과의 담당 의사는 내가 아침에 눈을 뜨면 찾아오는 절망감을 토로하자 "그동안 약 없이도 잘 견뎌 오셨군요"라고 말해 주었다. 그 말에 지나간 시간이 떠오르며 주룩주룩 눈물이 흘렀다. 누군가가 나의 고통을 담담하게 알아 주는 일이 이렇게 위로가 될 줄이야. 의사는 덧붙였다.

"수미 씨가 글을 쓰는 건 정말 다행이에요."

글쓰기가 타인을 위하는 일은 못 되더라도, 나를 회복시키는 일임을 깨달았다. 이후에 사 먹는 커피를 과감하게 일상에 포함시켰다. 이 정도의 시간은, 돈은, 나에게 쓰자. 좀 더 뻔뻔해지기로 했다.

큰일이 일어날 줄 알았는데 아무 일도 일어나지 않았다. 다만 조금 더 행복해졌다. 단지 커피 한 잔을 사 먹을 수 있는 내일을 기대하며 잠들 수 있었다. 커피 한 잔에는 갓 내린 커피의 향과 쌉싸름한 맛, 그리고 무엇이든 쓸 수 있는 시간이 포함되어 있었다.

카페 가는 방향으로 길을 들어 집이 보이지 않을 만큼의 거리를 일단 걷는다. 집이 보이지 않으면 심리적으로 '이제 되돌아가기 힘든 거리'가 된다. 가방끈을 당겨 한쪽 어깨에만 무리가 가지 않도록 양쪽의 균형을 맞추고 나면 이제 확실하게 걷겠다는 마음이 든다.

처음에는 별생각 없이 걷는 게 좋다. 목적지까지는 한참을 더 가야 하니까. 첫 번째 횡단보도 앞에 다다르면 '창원의 집 1.2 km'라고 적힌 이정표를 볼 수 있다. 목적지를 향해 잘 가고 있구나, 하고 안도감이 드는 순간이다. 카페까지는 신호등 있는 건널목을 다섯 개 지나야 한다. 때로는 운이 좋아서 기다림 없이 횡단보도를 건너기도 하지만 대부분은 멈춰서 보행 신호로 바뀌기를 기다린다. 서서 기다리는 동안 휴대폰 화면을 밝혔다가 알림을 확인했다가 한다. 신호를 너무 늦게 발견하지 않도록, 다른 풍경에 너무 정신을 팔지 않도록 신경을 쓴다. 신호등의 색깔이 바뀌면 꽉 채워진 초록색 칸이 완전히 줄어들기 전에 분주하게 걷는다.

'창원대학교 방향'이라는 표지판이 보이면 목적지의 절반 이상은 걸어온 셈이다. 벌써 이만큼 왔나 싶어 힘이 난다. 11월 어느 날 오픈을 한다고 현수막을 걸어 둔 가게는 이제 손님을 받을까, 한복가게 사장님은 천을 대야에 담고 어디에 가시는 걸까, 반지하에 생긴 파스타 가게는 맛이 좋을까? 길에서 만나는 사람과 가게의 사연을 얄팍하게 궁금해하며 계속 걷는다. 이제 긴 오르막길만 오르면 근사한 카페가 보일 것이다. 오르막길을 앞두고 꼭 땀이 난다. 출발할 때는 느낄 수 없었던 열기가 몸에 가득 퍼졌음을 느낀다. 버스정류장에 가방을 내려놓고 외투를 벗어 팔에 건 뒤, 다시 걷는다.

바깥은 겨울인데 오르막길을 오를 때면 봄이 온 것 같다. 햇볕이 이렇게 따뜻했는지 집을 나설 때는 몰랐다. 넓은 주차장을 걸어 들어가면 약수를 뜨러 온 어르신들이 부지런히 빈 페트병에 물을 담고 있는 모습을 볼 수 있다.

카페 가는 길목의 긴 오르막길의 최종 코스는 높은 계단이다. 이 계단을 타고 올라가면 비로소 목적지. 계단을 한번 올려다보고 심호흡을 한다. 한 계단씩 차분히 걸어 올라간다. 드디어 마지막 계단. 활짝 열린 문 안으로 들어가면 듣기 좋은 음악이 흘러나온다.

"안녕하세요!"

사장님과 인사를 나누고 계산대 앞에 선다. 느긋하게 주문하고 싶지만 거친 숨소리가 새어 나온다. 마치 생명수를 달라는 목소리로,

"아이스 아메리카노요!"

출입구 가장 가까운 책상이 나의 고정석이다. 창문을 열고 숨을 돌린다. 아침에는 잘 입고 나왔다고 생각한 옷이 역시 덥

다. 이 후회는 내일도 반복될 예정이다.

　주문한 아이스 아메리카노가 아침 레이스의 상품처럼 찾아
온다. 노트북을 열면 글자들의 레이스가 기다린다. 표지판도,
신호등도, 목적지도 모두 스스로 정해야 하는, 답도 없는 레이
스. 그래도 별수 있나. 그냥 가는 수밖에.

못 쓴 글이 해낸 일

마감이 코앞인데 한 글자도 쓰지 못하는 날이 있다. 몇 가지 주제를 두고 고민하기를 며칠. '마감이 영감'이라는 말을 믿고 책상에 앉기는 하는데 최근의 경험과 고민 들이 머릿속을 둥둥 떠다닐 뿐 정작 한 줄로 표현되는 메시지는 잡히지 않는다. 한마디로, 망한 경우.

왜 나는 천재가 아니란 말인가. 절망은 절망이고 살림은 살림이기에 설거지를 하며 푸념한다. 최근에 읽은 글들을 떠올리면 자괴감이 더욱 깊어진다. 사유와 통찰이 담긴 에세이, 지식을 세련되게 전달하는 인문서, 인생을 노래하는 시…….

주변에 독서광이 여럿 있어 책을 추천받는 일도, 선물받는 일도 잦다. 공감 가는 문장에 밑줄을 긋고, 그것도 모자라 휴대폰 카메라로 찍어 저장하고, 필사도 한다. 명문장의 단어 하나라도 마음에 새겨지길 바라는 간절함으로 꾹꾹 눌러 쓴다.

나의 재능은 글쓰기라 믿은 채로 십수 년을 살아온 지금, 이제 나를 설명하자면 '문필업 하청업자'에 가깝다. 다자이 오사무, 김승옥, 크리스토프 바타유처럼 젊은 날에 세상이 알아보는 인재는 되지 못했으니.

갈수록 어휘력이 줄고, 호기심도 준다. 여기에 출산, 육아와 함께 경력 단절까지 앙상블을 이루니……. 좋은 책을 읽고 마음이 벅차오르다가도, 노트에 나의 글을 쓰면 그 간극에 자주 주저앉는다. 세상에 천재가 있다면 1퍼센트일 것인데 어째서 그 1퍼센트가 99퍼센트 범재의 기를 꺾는 것인가.

친구에게 새롭게 쓴 희곡을 보내 준 적이 있다. 그날 나는 마치 비밀을 쪼개 나눠 준 듯 설렜다. 친구의 반응이 기다려졌다.

며칠 후, 답신이 도착했다. 솔직한 감상평을 기대하며 메일을 열었다. 거기에는 전혀 상상하지 못한 내용이 담겨 있었다.

"수미야, 네 글 보고 나도 희곡이란 걸 써 봤다."

그리고 희곡 한 편이 첨부되어 있었다. 나의 엉성한 글이 친구에게 '나도 쓸 수 있다'는 자신감과 영감을 불어넣어 준 것이다. 원했던 피드백은 아니었지만 내 글 덕분에 친구는 인생 첫 희곡을 완성했다.

이 놀라운 일은 한 번 더 반복됐다. 그림 그리는 친구에게 한 번 읽어 봐 달라며 희곡을 보냈더니 첨부파일이 담긴 메일이 돌아온 것이다. 친구는 이런 코멘트를 덧붙였다.

"네 희곡 보고 영감이 떠올랐다."

그렇게 직접 쓴 희곡 한 편을 써서 보낸 것이다. 내가 원했던 작품에 대한 피드백은 어디에도 없었지만 평소 글쓰기를 즐기지도 않는 친구가 쓴 희곡을 보니 감회가 새로웠다.

세상에 태어나 희곡을 써 본 적 없는 사람이, 그것도 두 사람이나 새로운 희곡을 탄생시키다니. 내가 쓴 희곡에는 창작을 자극하는 놀라운 무언가가 숨어 있음이 분명했다. 별 시원찮은 글이 누군가에게는 '나도 쓸 수 있다'는 대단한 희망을 선사한 것이다.

어릴 적 나는 세상을 위로하는 글을 쓰겠다고 다짐했다. 하지만 나이가 들면서 그게 얼마나 건방진 생각이었는지 깨달았다. 그리고 이제 다른 방법으로도 내 글이 타인에게 위안이 될 수 있음을 느낀다. 천재들은 죽었다 깨어나도 모를 일이다.

아쿠아로빅 반의 에이스

35년 인생에서 깨달은 진리 중 하나는 몸에 맞는 운동이 없다는 것이다. 내 몸은 이중적이다. 운동 등록하느라 카드를 긁을 때는 환영받지만 수업이 시작되면 걱정을 한 몸에 받는다. 아, 뻣뻣한 몸이 죄냐고!

아무렴, 죄다.

바른 자세로 책을 읽지 않았고,

다리를 꼬고 의자에 앉았으며,

밥 먹고 바로 누워 TV를 봤습니다.

운동의 신에게 고해성사를 해 본다. 너무 늦은 건 아니겠지?

30대 중반. 바른 척추, 건강한 위장으로 새롭게 태어날 순 없어도 조금 고쳐서 쓰기에 늦지는 않은 나이라고 스스로 암시를 걸며 수영장을 찾았다. 거듭된 출산으로 약해진 손목과 발목에는 수영이 제격이라는 주변의 추천이 있었다.

이후 3개월을 수영 초급반에 머물렀다. 언제쯤 스스로의 힘으로 50미터 레일의 끝까지 헤엄칠 수 있을까. 초급반의 레일은 다른 반과 달리 절반 거리였다. 킥판에 몸을 의지한 채 25미터를 부지런히 오갔지만 좀처럼 실력이 늘지 않았다. 함께 시작한 수강생들이 중급반에 오르는 모습을 쓸쓸히 물 안에서 지켜봐야 했다. 단지 자유형만 제대로 배우고 싶었을 뿐인데, 왜 배영도 접영도 배워야 하는가. 왜 수영에는 다음이 있는가. 참을성이 없는 나는 열패감에 젖어 다른 궁리를 했다. 그렇게 해서 아무런 승급이 없는 아쿠아로빅으로 눈을 돌렸다. 아쿠아로빅은 한 강습에 60명이 정원이어서 못해도 크게 눈에 띌 일이 없으리라, 마음이 놓였다.

물속에서 하는 에어로빅인 아쿠아로빅은 나이 많은 언니들의 스포츠로 유명하다. 운동량은 많은데 수중 운동이라 몸에 부담이 적다.

대망의 강습 첫날, 수영장에 여유롭게 도착했다. 아쿠아로빅 강습 때는 수영장 레일의 모양이 바뀌었다. 중급반, 고급반, 연수반을 가르는 레일이 모두 걷히고 60명의 수강생이 서 있을 수 있을 만큼 너르고 평등한 공간이 확보됐다.

물속에 몸을 담그자, 차가운 온도에 '헙' 하는 소리가 절로 튀어나왔다. 부지런한 수강생들은 이미 길게 줄을 지어 물속을 걷고 있었다. 준비운동에 동참하고자 행렬의 끝으로 걸어가는데 "어이, 신입!" 하고 부르는 소리가 등 뒤에서 들려왔다. 어정쩡하게 서 있는 나 말고 누구를 신입이라 부르겠는가 싶어 고개를 돌렸다.

"처음 왔지? 신입 환영식 해야지."

설마 여기서 자기소개라도 하고, 춤사위라도 선보여야 하는 걸까. 긴장해서 "환영식이요?" 하고 되물었더니 정작 말을 건넨 장본인은 호쾌하게 웃었다. 60대 언니의 농담에 잔뜩 얼어버린 나는 눈에 덜 띄기 위해 몸을 좀 더 숙이고 걷는 행렬에 동참했다. 강습이 빨리 시작하기만을 비는 마음으로 뻘쭘하게 걷는 동안, 온몸을 까맣게 태닝한 강사가 모습을 드러냈다. 그러자 수강생들은 익숙하게 일정한 거리를 두고 정렬했다. 강사 옆에 세워 둔 스피커에서 쩌렁쩌렁 음악이 흘러나왔다. 안전요원의 호루라기 소리, 물장구 소리, 강사들의 목소리로 채워지던 수영장은 순식간에 엄청난 비트와 음량의 음악 소리에 잠겨 마치 거대한 클럽 같았다.

강사는 따라 하기 쉬운 기본동작으로 시작해 천천히 심화 동작으로 나아갔다. 물속이 주는 안정감은 대단했다. 아무리 우스꽝스럽게 동작을 따라 해도, 물속에 반쯤 몸이 잠겨 있어 완전히 춤사위가 드러나지 않는다는 사실이 자신감을 불러왔다.

음악 선곡도 기가 막혔다. 이선희의 〈아름다운 강산〉부터, 영화 〈사랑과 영혼〉의 주제가까지. 무슨 음악이 나올지 예측불허였다. 특히 끈적한 블루스가 나올 때는 몸을 어찌할 바를 몰랐다. 맨정신으로 따라 하기 쑥스러운 웨이브를 물 안에서 따라 추면서 자의식을 날려 버리려 애썼다. 이어서 〈강남스타일〉의 말춤을 출 때는 '될 대로 돼라'는 심정으로 펄떡였다. 그래도 펄쩍펄쩍 뛰는 건 자신 있어서 힘찬 점프를 선보이자, 강사님은 나를 콕 집어 엄지를 치켜들었다. 칭찬은 다시 이 악물고 뛰게 했다. 내 인생에 필요한 건 이 작은 칭찬 아니었을까, 하는 생각이 들 정도였다.

신나게 몸을 움직이다 보니 한 시간이 훌쩍 지났다. 호흡이 가빠지고, 차츰 이제 좀 버겁다 싶을 때쯤, 강사는 막판 스퍼트를 올리듯이 박자 빠른 곡을 선곡했다.

"물속은 괜찮아요! 뛰어도 무리 가지 않아요! 더 뛰세요!"

60명의 여성은 강사의 독려에 더 높이 다리를 차올리고, 손을 뻗으려 애썼다. 주위를 둘러보니 수강생들은 동네에서, 마트에서 한번쯤 마주쳤을 법한 분들이었다. 주로 '할머니'라고 지칭되는 사람들의 함성을 여기 말고 또 어디에서 들을 수 있을까.

아쿠아로빅 강습은 다 같이 구호를 외치는 것으로 끝이 났다. 강사가 손을 들어 선창을 내질렀다. "자, 따라 하세요. 건강, 행복, 파이팅!" 60명의 수강생은 "건강, 행복, 파이팅"을 따라 외쳤다. 강사는 소리가 작다고 "한 번 더"를 외쳤다. 수영장에 쩌렁쩌렁하게 울려 퍼지는 건강과 행복이 새로웠다. '건강'이나 '행복'이란 단어는 하도 많이 들어서 이제는 진부하기까지 했지만, 큰 소리로 내지르니 꼭 처음 말해 보는 단어처럼 느껴졌다. 건강과 행복이 먼 곳에 있지 않았다.

무명작가의 기쁨과 슬픔

당연한 말이지만 어디 가서 먼저 '작가'라고 말하지 않는 편이다. 누가 직업을 물어보면 "프리랜서예요"라고 말한다. '작가'라고 말하는 순간 들이닥칠 질문들에 대답하기 곤란하기 때문이다.

이름이 알려지지 않았다는 이유로 세상에 무명작가로 분류되어 살아온 지 어언 13년. 이제는 무명작가의 기쁨을 역설적으로 아는 경지에 이르렀다. 과연 이름이 알려지면 좋기만 할까? 한번 생각해 볼 필요가 있다. 많은 인세와 명성…… 유명작가의 기쁨은 익히 알지만 무명작가의 기쁨에 대해서는 알려진 바가 없다는 것이 안타깝다.

책 두 권을 내고 좋은 반응을 얻고 있는 절친한 작가 달님. 창원의 카페나 길거리를 지나다 보면 달님 작가를 알아보는 사람들이 더러 있다. 그들은 "어머, 작가님" 하고 인사를 건넨다.

하루는 스타벅스에서 달님 작가와 함께 작업하고 있었다. 나는 여전히 돈도 안 되고, 기고할 가능성도 없는 글을 쓰고 있었고, 친구는 청탁이 들어온 글의 마감일에 맞춰서 고군분투하고 있었다. 서로 노트북을 마주한 채 키보드를 두드리고 있는 우리의 침묵을 깬 것은 한 신문기자였다.

"김 작가님!"

부르는 소리에 우리 둘 다 고개를 돌렸다. 공교롭게도 달님 작가도 나도 김씨니까. 뚜벅뚜벅 걸어오는 기자는 예전에 몇 번이나 만난 적 있는 아는 사람이었다. 반가움에 "기자님!" 하고 환하게 웃으며 일어났다. 희색을 띠며 걸어온 기자는 그대로 나를 스쳐 "김 작가님! 오랜만이에요" 하며 달님 작가의 손을 잡고 흔들었다. 뻘쭘해진 나는 누가 본 사람은 없겠지……하며 주위를 빠르게 둘러봤다가 최대한 자연스럽게 다시 앉아서 노트북에 집중했다. 얼굴이 화끈할 정도로 쪽팔렸다. 기자와는 페이스북 친구이기도 했단 말이다. 너무 오랜만에 만나서 못 알아본 걸까? 아니면 못 알아볼 정도로 내가 살이 붙었단 말인가. 그것도 아니면 애초에 기억되지 못할 사람일까.

친구와 기자는 몇 분간 대화를 나누었다. 나는 그 모습을 흘깃 쳐다보고는 다시 모니터에 얼굴을 파묻었다. 창피함에 집중이 되지 않았지만 여유롭게 작업하는 척을 했다. 자기합리화의 왕인 나는 이렇게 생각하기로 했다. 만약 카페에 갈 때마다 누군가 알아본다면 얼마나 신경 쓰이겠는가. 캡 모자를 눌러 쓰고 무릎 나온 바지를 입는 편한 차림은 무명작가이기에 가능하다. 과장해서 말하자면 언제 누가 알아볼지 모르는데 어디 화장실이라도 편하게 가겠나 이 말이다. 나는 그렇게 마음을 먹고 부끄러움과 민망함을 떨쳐 버렸다.

무명작가의 기쁨은 이어진다. 달님 작가와 동네서점에 가서도 마찬가지다. 나는 마음대로 책을 골라 읽어 보지만, 친구는 다르다. 서점 주인과 한참 이야기를 나눈다. 물론 서로가 원하고 필요한 좋은 대화지만 언제 끝날지 모르는 대화이기도 하다. 그동안 나는 지겹도록 책을 고른다. 서점에 온 목적을 확실하게 달성하는 것이다. 이 역시 무명작가만 아는 기쁨이다. (분명 기쁨에 관해서 쓰는데 왜 이토록 쓸쓸해지는 걸까. 알아도 모른 척해 주길 바란다.)

거리에서 잡초를 뽑는 어르신들을 본 적이 있다. 언뜻 보기에는 모두 비슷한 풀처럼 보였는데 뽑지 않고 그냥 두는 풀이 있었다. 가만 보니까 나도 잘 아는 식물이었다. 꽃을 피워 낸 채송화였고, 홀씨가 달린 민들레였다. 순간 이름이 있다는 건 쉽게 버려지고 뽑히지 않는 것이라는 생각이 들었다. 아하, 유명해지는 건 사양하더라도 내 이름은 지켜야겠다는 생각이 들었다.

'수미'라는 이름을 소리 내서 말해 본다. 평범한 이름이지만 이 이름을 지은 아빠의 말에 따르면 절대 흔하지 않은 이름이다.

아빠가 먼지가 자욱한 옛날 옥편에서 직접 한 글자씩 조합해서 만든 '수미'라는 이름에는 '꽃 속이 예쁘다'라는 심오한 뜻이 담겨 있었다. 하지만 출생신고를 하러 간 동사무소에서 '꽃 속 수'와 '예쁠 미'가 전산 등록을 할 수 없는, 이제는 사라진 한자로 확인되었고, 결국 나는 '꽃술 수蕊', '작을 미微' 즉 '꽃술이 작다'라는 뜻의 이름을 갖게 되었다. 아무도 물어보지 않았지만 한 번쯤 흔하디흔한 내 이름에 담긴 독특한 뜻과 유래를 이야기해 보고 싶었다.

누군가가 나를 무명작가로 호명할 때면 말해 주고 싶다. 세상에 이름 없는 풀이 없는 것처럼, 이름 없는 작가는 없다고. 내 이름은 수미라고.

반짝이는 사람들의 후일담

"진짜 얼마나 우울했는지 몰라요."

얼마 전, 아영이 소식을 전해 왔다. 우동가게를 운영하던 아영의 근황을 이야기하자면 말이 길어진다. 아영은 몇 달 전, 장사를 아예 그만뒀다. 동네 맛집으로 유명해지기 전까지 아영의 가족이 어떤 고군분투를 해 왔는지 생각하면 우동가게를 그만 뒀다는 사실이 아깝기만 하다. 두 살 난 아이를 업고 서빙하고 경기도 광명의 이케아까지 가서 가구를 사 오던 열정, 가게 벽면에 직접 아이와 함께 그림을 그리고 새 메뉴를 하나씩 선보이던 시간, 점차 입소문이 나면서 손님들의 대기시간이 길어졌던 바쁜 점심시간의 풍경. 그 잘나가던 가게를 그만두다니. 나뿐만 아니라 소식을 들은 모두가 의아해했다.

아영은 지구 반대편, 아일랜드에 가서 일식집을 개업하고 싶다는 계획을 말했다. 여행 겸 떠난 아일랜드에서 일식당의 가능성을 본 것이다. 아일랜드에 살고 있는 언니가 그래도 믿는 구석으로 통했다. 나는 그 계획을 듣고 입을 다물지 못했다. 이사도 아닌 이민이라니. 벌써 취업 비자를 알아보는 아영을 보면서 삶의 스케일에 한 번, 실행력에 두 번 놀랐다. 타인의 인생 계획을 듣기만 했는데도 벅차게 심장이 뛰는 것은 처음이었다.

코로나 사태가 길어지면서, 아일랜드행은 자연스럽게 좌절됐다. 아영은 마치 처음부터 플랜 B가 있었던 사람처럼, 계획을 수정했다. 이번에는 전주에 가서 한식을 제대로 배워 보겠다는 것이다. 이민은 못 가도 이사는 간다는 이야기였다. 유일한 동네 친구가 다른 지역으로 간다는 말에 내심 서운했지만 아영의 앞날을 응원했다.

그렇게 아영은 전주 한식 학교에 등록했고, 전셋집을 계약했으며 이사업체와도 날짜를 맞추었다. 그런데 또 변수가 생겼다. 코로나 사태로 학교 개강 일정이 6개월 미뤄진다는 일방적 통보가 온 것이다.

"말도 마요. 진짜 우울했어요."

결국 아영은 전주행마저도 포기해야 했다. 3개월치 집세를 날리고, 이사 보증금을 받지 못한 아영은 낙담했지만 또 힘을 냈다. 지칠 새도 없이 다음을 계획했다.

장사도 그만둔 마당에 무엇인가를 배울 수 있는 이 시간을 헛되이 보내지 않겠다는 의지로, 아영은 남편과 함께 도서관에 다니기 시작했다. 자전거를 타고 도서관에 가서 평소 궁금했던 요리 레시피와 소스를 보며 공부했다. 싸 온 샌드위치는 벤치에 앉아 남편과 나눠 먹었다. 시간에 쫓기지 않게 산책도 했다. 매일 새벽에 일어나 육수를 끓이고 면을 반죽했던 시간이 여유와 배움으로 채워졌다. 그리고 최근에 아영은 부산에 있는 요리학원에 등록했다.

"오늘은 꿔바로우와 깐풍기 배웠어요. 다음번에 만들어 드릴게요."

그러니까, 아영의 근황은 꿔바로우와 깐풍기다. 그동안 서빙을 전담했던 아영은 이번 기회에 요리를 제대로 배우기로 결심

했다. 한식, 중식, 양식. 세 가지 자격증을 모두 따겠다는 당찬 포부를 들으며 언젠가 아영이 만든 마라탕을 둘러앉아 먹는 맛있는 미래를 상상했다. 당연히 맥주를 곁들일 것이다.

연극 〈정상〉의 주연, 기봉은 제주에 가서 살고 있다. 제주는 기봉이 스무 살 때부터 살고 싶다고 말한 곳이었다. 제주에서 그는 나무를 깎아 도마를 만든다. 그 도마에 자신의 이름 한 글자를 넣어 'bong board'라는 이름으로 팔고 있다. '봉보드'를 소리 내서 말하니까 꽤 귀엽다. 기봉은 하고 싶었던 조각 작업과 생계의 완충점을 찾은 것처럼 보였다.

오랜만에 기봉에게 전화를 걸어 안부를 물었더니 기봉의 목소리에서 가쁜 숨이 느껴졌다. 어디 가는 길이냐는 질문에 도마를 팔러 프리마켓에 나간다고 했다. 어떤 손님을 만나서 어떤 대화를 나누고, 어떤 도마를 팔지……. 기봉이 서 있는 곳이 어떤 풍경일지는 몰라도 기봉의 생기 있는 목소리를 들으니 '잘되어 가고 있구나' 작은 확신이 들었다.

기봉에게 연극 〈정상〉을 올렸을 때의 이야기를 슬그머니 꺼냈다. 기봉은 그때가 어제인 것처럼 생생하게 기억하고 있었다. 내가 잃어버린 줄도 몰랐던 기억의 퍼즐이 하나씩 맞춰졌다. 맞아, 그런 일도 있었지……. 같이 추억을 공유할 사람이 있다는 것. 새삼스레 기봉에게 고마웠다. 우리에게 극작가, 배우라는 이름을 뻔뻔하게 붙여 준 작품. 나에게도 기봉에게도 〈정상〉은 영원히 잊을 수 없는 작품으로 남아 있다.

또 한 명. 배우의 꿈을 꾸던 열정의 화신, 아름을 기억하는지. 아름은 졸업 후에 대학로 극단에서 기획 일을 했다. 대학로에서 아름을 만날 때는 어떤 결심이 필요했다. 아름이 무슨 행동을 하든 크게 놀라지 않겠다는 결심. 멀리서 나를 발견하면 높은 옥타브의 목소리로 "수미야~" 하고 까르르 웃던 아름이. 그럴 때면 마치 무대 위 배우에게 호명당한 관객이 된 기분이었다. 온 거리가 아름의 무대처럼 느껴졌다. 넓은 챙 모자를 쓰고 호피 무늬 옷과 가방으로 존재감을 뿜어 내던 아름. 나의 고민을 들을 때면 턱에 손을 괴고 집중하던 아름.

아름은 서울, 나는 마산, 떨어져서 사는 시간이 길어지면서 우리는 드물게 서로의 소식을 전했다. 근황을 전하는 일이 꼭 징검다리를 건너는 일 같았다. 하루하루의 기분과 소동은 미뤄 두고 단지 '어디에서 무엇을 하고 있다' 정도로 근황을 설명하던 날들.

어느 날, 아름은 미국에 간다고 했다. 스튜어디스가 되기 위해 등록한 영어학원에서 새로운 미래를 본 것이다. 그러고는 그 어렵다는 취업 비자를 따서 미국으로 훌쩍 떠났다. 자신도 어떻게 인터뷰를 통과했는지 의아하다고 했다. 달달 외워 간 매뉴얼이 효과가 있었던 것 같다고. 면접관이 어떤 질문을 던져도 자신이 할 말만 했다고 했다. 면접관은 아름의 실력보다 패기에 진 건지도 모르겠다.

미국계 한인 은행에 취직했다는 소식을 들으며 나는 도무지 아름의 '다음'을 예상할 수 없다고 생각했다. 어쨌든 아름은 미국에서 2년을 살다 왔다. 고등학교 때 바랐던 것처럼 배우가 돼서 할리우드는 못 갔지만, 은행원이 돼서 뉴저지는 간 거다.

아름이 몇 달 전에 전화를 해서 이런 귀여운 질문을 던졌다.

"수미야, 결혼생활 어때? 정말 결혼하면 남편이 변하니?"

아름은 결혼을 앞두고 있었다. 결혼 전의 어떤 혼란에 대해서는 나도 익히 겪었으므로 진실을 말해야 하나, 말아야 하나 머뭇거렸다. 솔직히 말해 달라는 두 번째 독촉에 결국 오버하듯이 외쳤다.

"완전 지킬 앤 하이드지. 우리 남편은 말이지, 처음에는 글 쓰는 거 응원한다더니, 지금은 학원 차리라고 한다고!"

아름은 깔깔 웃었다. 작은 콧구멍을 끊임없이 벌름거리며 웃고 있을 모습이 눈에 선했다.

세 사람을 생각하면 어쩜 저렇게 자신답게 살아갈 수 있는지 궁금해진다. 인생을 스스로의 힘과 판단으로 헤쳐 나가는 사람들에게서 느껴지는 어떤 단단함. 때로 넘어지고 흔들리더라도 툭툭 털고 일어나서 유유히 다시 걸어가는 그들을 보면, 어쩔 수 없이 삶을 긍정하게 된다.

재작년 크리스마스에 아영이 보낸 카드에는 이런 메시지가 담겨 있었다.

> 우리가 원하는 방향으로 꾸준히 걸어가기만 한다면, 분명 길이 보일 거라고 믿어요.

내일이 오늘보다 좀 더 지독하더라도, 우리가 할 수 있는 건 한 가지밖에 없을 것이다. 가능성이 있든 없든, 애매하든 모호하든, 내가 원하는 풍경으로 계속 걸어가는 것.

검색해도 안 나오는 작가

계속해서 쓰는 사람

희곡 〈정상〉

무대

낮은 산이 있다. 사람이 쉽게 넘어 다닐 수 있을 만큼 낮다.

산을 오르기 위해서는 몇 개의 계단을 밟아야 한다.

- 타박타박타박 발자국 소리.

- 이어서 황량한 바람 소리가 들린다.

- 무대 밝아지면 남자, 왼쪽에서 걸어 나온다.

남자　(혼잣말) 바람 한번 세네.

　　　　여기는 히말라야, 안나푸르나.

　　　　아름다운 만큼 혹독한 산이지.

　　　　(위를 바라보며) 정상이 얼마 안 남았다. 힘내자.

- 세찬 바람 분다.

남자　아무리 바람이 세도, 눈발이 내려도

　　　　정상은 이제 내 머리 위다. 얼마 안 남았다.

나는 끝장을 볼 거다.

- 그때, 무대 밖에서 외마디 비명이 들린다.
- 남자, 깜짝 놀라 위를 쳐다본다.
- 곧이어 "눈사태다!" 하는 무대 밖 비명이 또 한 번 들린다.

남자　으악~~~~~~

- 남자의 비명과 함께 무대 어두워진다.
- 남자의 흐느끼는 소리와 함께 무대 밝아진다.

남자　(품안에 동료를 안고 절규하며)

　　　　기철아…… 일어나라…….

　　　　흑흑…… 내 동료, 내 친구가 죽었다…….

　　　　그럼…… 먼저 올라간 대장은……?

　　　　대장은 살아 있을까?

　　　　대장~ 대장~ 대장~

- 돌아오는 희미한 메아리만 들릴 뿐, 아무런 응답이 없다.

남자　대장!!!!!

- 돌아오는 건 바람 소리뿐.

남자　(정신없이 중얼거린다.)

씨발. 좆 됐다. 친구도 죽고 대장도 죽었다.

(바람 소리)

이제 진짜 내 혼자다.

- 적막함 속에 바람 소리만 들린다.

남자 여기서 이렇게 죽을 수 없다.

나는 혼자서라도 간다. 죽어서라도 간다.

죽은 내 동료, 대장을 위해서라도 간다. 정상.

- 거센 바람 소리.

- 남자, 산을 향해 앞으로 한 발자국 걷는다. 정상이 코앞이나 그에게는 반 발자국도
힘들다.

남자 (머리 감싸 안으며)

아, 머리야…… 머리가 깨질 것 같다.

(손으로 가슴을 움켜쥔다.)

하아…… 하아…… 숨쉬기도 힘들다.

정상을 정복해야 한다는 이 압박감…….

정상에 오르면 사라질까?

- 바람 소리.

남자 바람이 불면 꼭 죽음이 불어오는 것 같다.

바람은 정상이랑 내를 갈라놓는다.

(그러나 단호하게)

하지만 나는 이 죽음의 바람을 뚫고 정상에 간다.

- 바람 소리, 더욱 거세진다.

- 무대 어두워지면, 애니메이션 재생.
- 애니메이션 속 남자, 산을 오른다.
- 무대 밝아지면 남자, 정상에 서 있다.

남자   아…… 드디어 정상이다!

하…… 그래, 내가 꿈꿔 왔던 정상이다.

(눈을 비비며, 의심이 든다.)

근데 이게 진짜 정상이 맞나?

왜 아무것도 없지?

내가 잘못 보고 있는 건 아니겠지?

(잠시 침묵) (무서운 혼동이 온다.)

(혼란스러운 자신을 책망하며)

무섭긴 뭐가 무섭노! 내가 걸어온 길을 봐라.

여기는 정상이다. 그래! 정상이다.

(자책하며) 내 혼자 뭐 하는 짓이고…….

(침묵) 누가 듣고 있으면 대답 좀 해 주면 좋겠다.

여기가 진짜 정상이라고.

- 황량한 바람 소리.
- 관객석에서 '쿵' 하는 소리가 들린다.

남자 (놀라서 고개 든다) 어?

- 관객석에서 전보다 조금 더 큰 소리가 난다.

남자 이게 무슨 소리지?

- 남자, 정상에서 뛰어 내려와 관객석을 향하다가 관객의 다리에 부딪힌다.
- 관객석 조명 밝아진다.

남자 당신 누굽니까? 혹시 당신 귀신이요?
　　　　언제부터 거기 앉아 있었습니까?

- 남자, 이제야 관객석이 눈에 들어온다. 처음 본 것처럼 관객들을 한참 훑어본다.

남자 (충격 받은 표정) 거기 앉아 있는 당신들 누굽니까?
　　　　(사이) 언제부터 거기 있었습니까?

- 남자, 처음 부딪힌 여자 관객에게 다가선다.

남자 당신, 당신은 누구시죠?
　　　　이름이 뭔가요? 어서 말해 봐요.
　　　　(관객 대답)
　　　　안나푸르나의 귀신인가요?
　　　　아님 나만의 여……신? 이름이 뭐죠?
　　　　(관객 대답)

왜 여기에 계신가요?

혹시 나를 만나러 온 건가요?

(관객 대답)

(*상황 따라 애드리브)

저를 보러 온 게 아니라, 연극을 보러 왔다구요?

하…… 당신, 왜 이렇게 아름답죠?

- 킥킥거리는 관객의 반응. 그러나 남자, 진지하게 관객 앞에 무릎 꿇는다.

남자 (그윽히 여자 관객을 바라보며)

나는 지금부터 당신을 사랑합니다.

지금 이 순간부터 당신을 사랑하겠습니다.

나는 당신을 저 정상보다 더 사랑하겠습니다.

내 사랑을 받아 주시겠습니까?

- 남자, 등산점퍼 안에서 꽃을 꺼낸다.

남자 긴장되죠? 괜찮아요. 내가 당신을 사랑하니까요.

나는 당신에게 아주 잘해 줄 겁니다.

때마침 날씨가 아주 좋아요. 그렇죠?

- 산새 지저귀는 소리.

남자 (회상하듯)

당신에게 오기 전, 나에게는

높은 정상이 있었습니다.

아주 높고, 아주 오르기 힘든 정상이었죠.

하지만, 그 정상은…… 이제 필요없어요.

왜냐구요?

내게는 당신이라는 정상이 생겼기 때문이죠.

음…… 저 정상은…….

누가 가져도 상관 없습니다.

그래요, 아무나 가지세요!

(관객석 둘러보며) 어디 보자…….

거기 앉은 곱슬머리 분?

당신도 오르고 싶은 정상이 있죠?

정상이 궁금하지 않나요?

그럼 나와요. 내가 정상까지 안내해 드리죠.

(우물쭈물하는 관객 에스코트)

(주위 살펴본다. 해가 진다. 서두른다.)

곧 어두워집니다. 서둘러요.

- 지목된 관객과 남자, 나란히 무대에 선다.

남자 예, 좋습니다.

여기는 당신이 꿈꿔 왔던 정상이 있는 곳입니다.

이름이 뭐죠?

(관객 대답)

당신의 정상, 당신의 목표는 무엇인가요?

(관객 대답)

아주, 명확하군요.

(애드리브)

잠시만요.

나는 저 정상을 오르기 위해

친구와 동료, 대장의 목숨도 잃었어요.

당신도 예외는 아닐 겁니다.

그래도 정상에 올라갈 수 있겠어요?

그럼 한번 올라가 보세요.

저는 여기서 꼼짝 않고 기다릴 테니.

자, 가 보세요. 바람이 셉니다. 조심하시구요.

- 또다시 불어오는 바람 소리.

- 지목 관객, 쉽게 정상에 올라선다.

남자 (중얼거리며) 거참, 괜한 이야길 꺼냈나 걱정되네.

(정상에 올라선 관객 발견하며 놀란다.)

아니, 벌써 정상에 올랐습니까?

어디 다친 데 없어요? 괜찮아요?

이런, 눈 깜짝할 사이에 정상에 올랐군요.

(믿기지 않는 듯) 정상에 오른 기분이 어떻습니까?

자…… 숨을 들이켜 보세요. 정상의 공기는 어때요?

얼음처럼 차가워요? 불처럼 뜨거워요?

(관객 대답)

남자 정상에 오른 걸 축하합니다. (박수 친다.)

이제 내려오세요. 조심해요.

내리막은 더 위험하니까.

(혼자 중얼거리며)

아니…… 나는 죽을 둥 살 둥 올라갔는데……

이게 뭐지?

누구는 쎄빠지게 올라가고,

누구는 몇 초 만에 올라가고…….

너무 불공평한 거 아닌가?

그래…….

(관객석 보고)

아니! 이렇게 오르기 쉬운 게 정상이면

우리 모두 정상으로 가 보는 건 어때요?

어때요? 정상이 궁금하지 않나요?

정상에 올라가 보실 분은 손 들어 주세요.

거기 바바리코트, 커트 머리 커플 일어나세요.

(애드리브)

당신들의 정상으로 갑시다.

- 무대 앞으로 나온 관객 서너 명, 산 옆에 나란히 선다.

남자 자, 첫 번째 도전자!

당신의 정상은 뭔가요?

정상에 뭐가 있었으면 좋겠어요?

(관객 대답)

자, 얼른 정상을 밟아 보세요.

- 관객, 정상에 오르면 축하 팡파르와 함께 노래가 흘러 나온다.

남자 정상에 오른 걸 축하드립니다.

그다음 분, 이름이 뭐죠?

(관객 대답)

- 남자, 무대로 나온 관객들을 차례로 정상을 밟게 한다.

남자 (n번째 관객이 정상에 오르면)

벌써 n명이나 정상에 올랐군요.

그다음 분, 보셨죠? 올라가세요.

남자 봤어요? 몇 분 만에 n명이나 정상을 밟았습니다.

모두 정상에 오른 기분이 어때요?

나는 여러분이 정상에 서는 순간 희열을 느꼈어요.

정상에 오르는 건

아주 특별한 사람이라고 생각했는데, 아니더군요.

그렇다면 저는 정상에 오른 여러분을 이제부터

'정상인'이라고 부를까 합니다.

정상에 올랐으니 정상인 아닙니까? 그렇죠?

그리고 또 한 가지, 바람이 생겼어요.

나는 이 정상을 오르고 싶지도,

내려가고 싶지도 않아졌습니다.

무슨 말이냐구요?

나는 이 정상을 무너뜨릴 겁니다.

모두가 함께 올라설 수 있게 말이죠.

하지만 나 혼자서 할 수 있을까요?

(조금 전, 사랑고백한 관객을 향해 손을 뻗는다.)

사랑하는 그대, 일어나세요.

그리고 저를 도와 저 정상을 무너뜨릴 분들

앞으로 나와 주세요.

- 관객들 앞으로.

남자 이 뾰족한 정상을 부수면 우리 모두 다 같이

더 쉽게 정상을 밟을 수 있을 겁니다.

(단호하게)

지금부터 이 정상을 밟아 부수겠습니다.

다리 올리시고, '하나 둘 셋' 하면 정상을 밟아 주세요.

- 남자와 관객들 같이 산을 부순다.

남자 (부순 관객들에게)

자, 아직 부스러기가 많이 남았어요.

저를 대신해서 더 밟아 주세요.

다 되면 이야기해 주세요.

여러분들, 정상을 완전하게 부술 수 있도록

응원의 박수 부탁드립니다.

(부수는 관객들 돌아보며)

이제 정상이 사라졌나요? 확실한가요?

(관객석 보고)

아, 정말 정상은 사라졌습니다.

기쁜 건 저뿐인가요?

이렇게 힘들게 정상을 없앴는데,

아무도 박수 치지 않네요.

(박수 유도)

고마워요.

이제 정상은 사라졌습니다.

모두 여러분 덕분입니다.

'정상인' 여러분들과

이 기쁨을 같이하고 싶습니다.

자, 우리 이 순간을

사진으로 간직하는 거 어때요?

모두 앞으로 나와요, 모두.

모두 나와 주시지 않으면

이 연극은 끝이 나지 않습니다!

(관객들 앞으로 모두 섰는지 둘러보고)

아, 이제 우리 모두 정상에 올랐네요.

"하나 둘 셋" 하면 모두 다 같이

'정상'을 외쳐 주세요.

- 사진가, 준비하고 앞으로.

남자　다들 포즈 잡으시고, 하나 둘 셋

　　　　(모두) 정상!

- 남자, 관객들 앞으로 간다. 정중하게 인사하고.

남자 감사합니다. 정상인 여러분들.

이것으로 연극 〈정상〉을 모두 마치겠습니다.

- 끝 -

희곡 〈정상〉은 2012년 12월 10일 초연됐다.

희곡/연출: 김수미(27)

배우: 김기봉(28)

퍼포먼스: 홍윤진(30)

음향: 정호일(32)

무대 미술: 정호(30)

사진: 진이(29)

사회: 김달님(25)

장소: 카페 mogm

작가 후기

작심삼일로 그칠 줄 알았던 김달님 작가와의 '100일 쓰기 프로젝트'가 출판으로 이어질 거라고는 정말 상상도 못 했다. 이 책에 실린 다수의 원고는 '쓰는 숨달' 채팅창으로 보낸 글들이다. '이제 그만 써도 되겠다'라는 좌절이 '오늘은 무슨 글을 쓸까?'라는 희망으로 옮겨 갈 수 있었던 가장 큰 이유는 김달님 작가의 긍정 피드백이었다. 앞으로도 함께 오래 글을 썼으면 좋겠다.

첫 책을 출판사 어떤책에서 내게 되어 기쁘다. 어떤책의 출판사 소개글처럼, '자신만의 방식으로 삶을 꾸려 온, 자기만의 이야기를 가진 저자'라고 믿어 주신 김정옥 편집장님께 깊이 감사드린다. 책 만들기라는 긴 협업을 신뢰하는 편집자와 함께 하는 복을 누릴 수 있었다. 작업하며 자연스럽게 '우리 책'이라는 말이 흘러나왔다. 우리 책이 잘됐으면 좋겠다, 진심으로.

책을 쓴다는 소문이 집안에 쫙 퍼지면서 올케는 힘내라고 수분크림을 보내 왔고, 시누이는 커피 기프티콘을 다량 보냈다. 친구는 책 30권은 사겠다며 도서 플렉스를 위해 적금을 들겠다고 했다. 글쓰기에 이런 호의적 반응이 처음이라 얼떨떨하기까지 하다.

《애매한 재능》의 영업사원을 자처한 친애하는 김재원 씨. 그리고 사랑하는 세연, 산, 강. 세 아이에게 고맙다. 재미난 어린이 책을 써 달라고 했는데, 재미없는 어른 책을 써서 미안하다.

"아빠가 저지른 인생의 잘못이 책에 많이 나오는데……" 하고 털어놓았을 때, "일단 써라" 하고 마음 편하게 해 준 아빠, 고마워. 아빠의 수많은 명대사를 듣고 자라 작가가 됐어. 그리고 언제나 멋진 긍정으로 살아온 엄마! 사랑해.

'삼류작가'로 저장해 뒀던 내 이름을 '예술인'으로 바꿔 준 동생에게도 잘 살아 줘서 고맙다는 말을 전하고 싶다. 후기에 모두 다 적지 못했지만, 책을 준비하는 동안 고마운 사람이 참 많았다. 당신의 응원과 애정 덕분에 끝을 잘 맺을 수 있었다.

일러스트를 그려 주신 노순천 작가님, 평생 잊지 못할 추천사를 써 주신 세 분의 멋쟁이 정희진 작가님, 하재영 작가님, 이신화 작가님 감사드립니다. 그리고 디자이너 석윤이 님과 마케터 황은진 님께도 깊은 감사를 드린다.

이제부터는 설레는 상상의 영역이다.

《애매한 재능》의 페이지를 넘긴 독자들에게 무한한 사랑을 보낸다. 책을 가진 누구라도 만나게 된다면, 곰돌이 사인을 그려 드릴 준비가 되어 있다. 크기도 '소, 중, 대'로 조정 가능하니 미리 말씀만 해 주시면 된다.

마지막으로 여전히 자신의 재능이 애매하다고 느끼는, 세상의 수많은 보통 사람들에게 이 책을 바친다.

2021년 봄
수미

그린이 노순천

1981년 마산에서 나고 자랐습니다. 쇠붙이를 만들어 먹고삽니다. 그림 그리기와 기타 치기를 즐기고 작은 악기와 문구류를 좋아합니다. 사계절 내내 차가운 차를 마시고 긴 글은 못 읽어서 그림책을 가까이합니다.
nosooncheon.com

애매한 재능

Ordinary Talent
ⓒ 수미, Printed in Korea

1판 4쇄 2024년 7월 25일
1판 1쇄 2021년 7월 1일
ISBN 979-11-89385-19-4

지은이. 수미
그린이. 노순천
펴낸이. 김정옥

편집. 김정옥, 조용범, 눈씨
마케팅. 황은진
디자인. 모스그래픽 석윤이
제작. 정민문화사
종이. 한승지류유통

펴낸곳. 도서출판 어떤책
주소. 03706 서울시 서대문구 성산로 253-4 402호
전화. 02-333-1395
팩스. 02-6442-1395
전자우편. acertainbook@naver.com 홈페이지. acertainbook.com
페이스북. www.fb.com/acertainbook
인스타그램. www.instagram.com/acertainbook_official

안녕하세요, 어떤책입니다. 여러분의 책 이야기가 궁금합니다.

홈페이지 acertainbook.com
페이스북 www.fb.com/acertainbook
인스타그램 www.instagram.com/acertainbook_official

점선을 따라 가위로 오려서 보내 주세요. 우표 없이 우체통에 넣으시면 됩니다. ✄

보내는 분

이메일

주소

이름

도서출판 어떤책

a certain book

03706 서울시 서대문구 성산로 253-4 402호

지희 책을 읽어 주셔서 감사합니다. 독자엽서를 보내 주시면 지난 책을 돌아보고 새 책을 기획하는 데 참고하겠습니다.

1. 《애매한 재능》을 구입하신 이유

2. 구입하신 서점

3. 이 책에서 특별히 인상 깊은 부분이 있다면 무엇인가요?

4. 수미 작가에게 하고 싶은 말씀이 있다면 들려주세요. 대신 전해 드립니다.

5. 출판사에게 하고 싶은 말씀이 있다면 들려주세요.

보내 주신 내용은 어떤 SNS에 무기명으로 인용될 수 있습니다. 이해 바랍니다.